KB061559

아래로
피는 꽃

홍균 지음

생계형 히키코모리의 방구석 일기

2015년 1월 장기기증 서약을 했다. 죽기 전에 누군가에게 선물을 남기고 싶어서였다. 언제나 즐거웠던 인생이 무너져 내리고 있었고 더 이상 버틸 힘이 없었다.

내일은 꼭 죽어야지
아니, 조금만 더 살아 볼까
너무 많이는 말고 하루만 더?
어차피 죽을 건데 이걸 해보는 건 어떨까?
그래, 일단 오늘은 살자

하루하루 생각이 뒤죽박죽이었고 온전하지 못했다. 대학교를 조기졸업하고 그 무엇도 내 마음대로 풀리지 않았다. 낭떠러지로 향하던 나는 가족과 친구와의 관계도 끊었다. 나를 도와주려는 그들을 모질게 쳐냈다. 그렇게 대해야 내가 죽고 나서 나를 그리워하지 않을 것이었다. 그게 그때의 내가 할 수 있는 가장 이기적인 선택이었다.
아쉽게도, 용기가 없던 나는 죽지 못했다. 그리고 방구석으로 들어갔다. 이 일기는 방구석에서 보냈던 1년의 기록들을 적어낸 것이다. 다시 세상 밖으로 나와서 보니 세상은 크게 달라지지 않았다.

나에게 지옥 같던 1년이 누군가에겐 평범한 1년이었다.

현재의 나는 생계형 히키코모리다. 여전히 방구석에 숨어 있지만 일을 해서 돈을 번다. 사람과 어울리며 사람 비스름한 0.5인분의 삶을 살아가고 있다. 가끔씩 나에게 인생 조언을 구하는 사람이 있다. 그럴 때 나는 내가 그렇게 괜찮지 않은 사람이라는 걸 알려준다. 겉으로는 웃고 있어도 웃지 않고 있다는 걸 담담하게 말한다. 시간이 흘러 나는 내 1년의 방구석 생활을 글로 쓰게 되었다. 나의 고통과 상처가 누군가에게 힘이 되길 바라는 마음으로.

사실 이 글에 적고 있는 내용들은 나를 위한 것이다. 또다시 잘못된 생각을 반복할 것만 같은 나를 경계하기 위한 일기다. 혹시, 지금 방구석에 갇혀 있는 사람이 이 글을 보고 있다면 혹은 방구석으로 숨어버리고 싶은 사람이 이 글을 보고 있다면 내가 해줄 수 있는 말은 하나밖에 없다.

그래도, 죽지는 마세요.

아무것도 하지 말고, 숨이라도 온전히 쉬세요.

오전 8시쯤에 삼성역 스타벅스 리저브에 왔다. 4살 정도의 꼬맹이가 유리창에 전시된 음식을 보며 엉엉 서럽게 울고 있었다. 아버지로 보이는 30대 중후반의 남성이 뒤에서 느긋한 자세로 서 있었다. 어리둥절한 스타벅스 직원들은 이게 무슨 상황일까, 어떻게 대처해야 하나 난감해야 하는 눈치였다. 나도 퍽 이유가 궁금했던 터라 지켜보고 있는데 한 여직원이 다가가 시선을 끌었다. 이유를 들어보니 유리창에 막힌 음식이 너무 먹고 싶어서였다. 유리창을 열 수 없는 아이에게, 유리창 너머의 음식은 다른 세계였다. 세계를 열 수 없는 아이가 할 수 있는 것이라곤 우는 방법밖에 없었다.

유리를 열 수 없는 아이. 유리를 열 수 없다는 사실을 충분히 받아들일 수 있게 묵묵히 기다리고 있는 아버지. 사람들의 관심이 쏠리자 아이의 아버지가 한마디를 했다.

"진상 손님이네요."

나는 참을 수 없어 웃음이 터지고 말았다.

아무도 아이를 불편해하지 않았고 따뜻한 눈으로 바라보고 있었다. 요즘엔 각박하게 노키즈(No Kids)존이라는 게 생겼다는데 나는 아이들이 시끄럽게 떠들어도 울어도 고함을 질러도 마냥 좋은 사람이었으니까.

아이스 아메리카노를 주문하고 생각을 정리하지 못한 채 노트북을 열었다. 1년 9개월 동안 이 한글 파일을 열지 못하고 두려워하고

4

고통스러워하다가, 드디어 내 과거와 마주하고 있다. 나는 극복했다고 생각하고 적어가던 2015년의 일기가, 너무 힘들었다. 다시 삶이 무너지고 마음이 가라앉았다. 밖으로 나갈 수 없었고 웃을 수 없었다. 방구석에 숨어버린 나에게 다가오는 유일한 사람은 어머니와 아버지뿐이었다. 시도 때도 없이 전화하는 이춘심 여사님과, 아주 가끔씩 연락이 오는 아버지가 나를 살아가게 했다.

"요즘 사람은 만나고 다니냐?"
오랜만에 육개장 집에서 만난 아버지가 내 눈치를 보며 물었다.
"아무도 만나지 않아요."
거짓말을 하고 싶지 않았다.
다시 시간이 흐르고 오랜만에 고깃집에서 만난 아버지가 내 눈치를 보며 물었다.
"요즘 사람은 만나고 다니냐?"
"아무도 만나지 않아요."
아무도, 만나고 싶지 않았다. 이 불편한 질문을 하는 아버지마저도.

2020년 12월 겨울부터 2022년 6월 여름까지. 내 마음이 다시 동굴 어디론가 들어가 나오지 못했다. 하늘이 그 모습이 한심해 보였는지 내 몸에 돌덩이를 심었다. 아침에 일어나서 찢어지는 고통에 병원을 찾았고 밖으로 나가 의사를 만났다. 요로결석, 신장결석. 산후 진통 아래 등급의 질병 때문에 신을 찾고 원망했다.
몇 주간 병원을 다니면서 따뜻한 햇살을 느껴보았다. 눈이 부셔서 저절로 얼굴이 찡그려졌고 생각보다 나쁘지 않았다. 이제 밖으로 나가도 될 거 같았다. 아무렇지 않은 척 의사와 이야기를 하고 아버지를 만났다. 막내 동생이 죽고 싶다고 이야기를 해도 관심이 없는 형과 누나와도 이야기를 했다. 여전히 그들의 모습은 역겨웠지만, 그냥 역겨운 사람들과 이야기하기로 했다. 거지같은 인생도 하늘이 보기에는 충분히 아름다워 보였을 것이다. 나는 결국 밖으로 다시 나왔고 이 글을 다시 적고 있다. 용기가 없어 죽지 못하고, 여러분에게 나의 지옥을 가감 없이 보여주고 있다.

Step.30 나아가기까지는 2020년에 쓴 글이고, 그 이후부터는 2022년 11월부터 다시 적기 시작했다. 글의 분위기와 생각이 시간에 따라 많이 바뀌었다고 생각해서 이 글을 남겨놓는다. 아무쪼록 이 글을 읽는 여러분이 행복하길 바란다.

Step 1

눕기

한 달쯤인가
그냥 누워 있었다
하루에 16시간쯤 잔거 같기도
하고 꿈을 꾸기도 했던 거 같다

사실 잘 기억이 나지 않는다
그냥 그러고 있었다
아무도 나에게 말을 걸지 않았고
나도 말하지 않았다
내가 사람인가?

1. 눕기

세상에서 제일 잘난 사람이 나인 줄 알았다. 초등학교 4학년에 육상을 시작해서 6학년에 서울시 대표가 되었다. 동의초등학교 교문 앞에 서울시 800m 대표 홍진기라는 현수막이 걸렸다. 중학교엔 처음 쓴 판타지 소설이 계약이 되어 인세를 받는 작가가 되었다. 다음에 쓴 차기작도 곧바로 계약되었다. 고등학교 땐 버디버디 미니홈페이지 얼짱 콘테스트에서 우승을 하고 뒤늦게 공부를 시작해서 원하는 대학에 갔다. 대학교에선 장학금을 한 번도 놓치지 않고 조기졸업을 했다.

신기하게도 한 번도 실패하지 않았다. 친구들은 나를 잘생기고 운동 잘하고 공부 잘하는 사람으로 기억했다. 나를 엄친아라고 부르는 아이도 있었다. 중고등학교 때 팬카페가 있었고 초, 중, 고, 대학교를 통틀어 학교의 이름과 내 이름이 동시에 거론되었다. 나 스스로 이렇게 말하는 게 굉장히 부끄럽지만 그때는 정말 반짝반짝 빛이 났다.

그러던 인생이 무너져 버렸다.

하늘 높이 치솟던 자아가 순식간에 바닥으로 떨어지니 정신을 차릴 수가 없었다. 내가? 내 인생이? 어떠한 실패를 했는지, 어떠한 고통들이 있었는지 일일이 적을 수 없을 만큼 하나하나 차근차근 무너졌다.

죽지 못해 방구석으로 돌아와서 내가 한 것은 잠을 자는 것이었다. 아무것도 생각하고 싶지 않아서 멍하니 천장을 바라보다가 잠을 잤다. 한 달 정도 대부분의 시간을 잠만 잤다. 인간이 10시간 넘게 잘 수 있다는 것을 그때 처음 알았다. 원래 내 인생의 모토는 근면성실이었다. 시간을 효율적으로 쓰는 걸 좋아했고 노력하고 또 노력했다. 그때는 정말 노력해서 잠을 잤다. 최대한 아무 생각도 하지 않고 잠을 자는 게 내가 할 수 있는 최선의 노력이었다.

잠을 많이 자다가 허리가 아프면 깼다. 혹은 고통스럽던 과거가 떠올라 눈이 떠졌다. 하루 종일 말을 하지 않았고 하루 한 끼를 챙겨 먹었다. 최대한 생각을 하지 않고 잠만 잤더니 점점 치솟던 분노들이 사그라들었다.

내가 왜 방구석에 들어왔더라?

가장 최근의 일은 출판 계약서를 날려먹은 일이었다. 보장 권수 5권, 보장금액은 대략 천만 원 정도. 글 쓰는 학과를 조기졸업하고 글이 써지지 않았다. 간절한 마음이 부족한가 싶어 허리 통증을 참으면서 건설 현장에 갔다. 하루 종일 땀에 절어 지내다가 컨테이너 숙소에 들어가서 기절하듯 잠을 잤다. 마찬가지로 글이 써지지 않았다. 처음 쓴 소설로 출판을 했던 나는 글이 써지지 않는 나를 이해할 수 없었고 용서할 수 없었다.

결국 글을 쓰지 못했다. 출판 계약서를 날리고 글을 포기했다. 마지막 남은 자존심마저 무너지고 건설 현장을 나와 다시 집으로 돌아갔다. 방구석에서 하루 종일 누워 있었다. 전원 스위치가 내려간 로봇처럼 멍하니 눈을 뜨고 있었다. 생각을 하지 않으니 덜 고통스러웠다. 기억은 사라지지 않아도 감정은 점점 엷어져갔다. 나에 대한 분노가, 나를 싫어하던 증오가 점차 흐려져 잘 기억이 나지 않았다.

한 달 동안 대부분의 시간을 잠만 잤더니 내가 인간인지 아닌지 잘 구분이 되지 않았다. 불현듯, 방구석에 갇힌 현실을 생각하다가 다시 잠에 들었다. 잠을 자는 동안은 고통스러운 감정도 기억도 생각나지 않았다.

그렇게 한 달이 지났다.

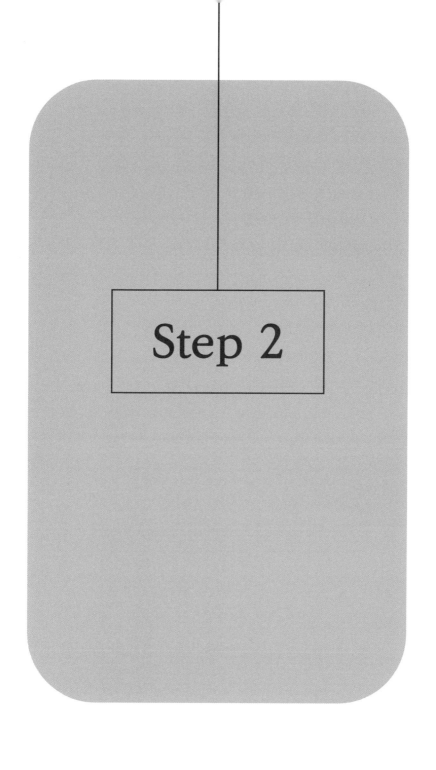

Step 2

일어나기

아무 생각 없이 인터넷을 켰다
실시간 검색어와 기사를 봤다
여전히 대한민국은 시끌시끌
정신이 없었다

그리고 그렇게 몇 시간 정처 없이
정보의 바다를 헤엄쳤다
산소가 모자라 숨을 헐떡일 때까지
그러다 목이 막힐 때까지

봤다
계속 보다가 다시 누워
잠을 잤다

2. 일어나기

인터넷으로 나무늘보와 퓨마가 대치하는 영상을 본 적이 있었다. 나무에 매달린 나무늘보는 결국 나무를 타고 올라온 퓨마에게 목숨을 잃었다. 가장 인상적이었던 장면은 목숨을 잃기 직전까지 나무에 매달리려는 나무늘보의 모습이었다. 카메라는 마치 눈물을 글썽거리면서도 나무를 포기하지 않는 나무늘보의 모습을 보여줬다. 영상 마지막에 퓨마가 나무늘보의 척추를 끊어 나무에서 떨어뜨린다. 굶주린 포식자는 생명을 연장하기 위해 다른 생명체를 먹었다.

그때의 나는 나무에 매달린 나무늘보처럼 최대한 잠을 잤다. 18시간의 잠을 자는 나무늘보는 일주일에 한 번 배변활동을 하기 위해 땅으로 내려간다고 했다. 나머지 시간은 나무에서 잠을 자는 것이다. 땅에서의 시간이 길어지면 퓨마에게 들키고 결국 먹잇감이 될 수밖에 없었다. 나에게 퓨마는 사회였다. 부당하고, 이기적이며, 잔인한 곳. 나는 내 마음을 지키지 못했고 겁쟁이처럼 방구석이라는 동굴로 들어와 몸을 은닉했다. 부모님이 잠든 야밤에 방을 나와 화장실을 갔다.

시간이 한 달 정도 지나니 슬슬 잠만 자는 일상이 지겨워졌다. 나에 대한 생각을 하지 않으니, 내가 어떠한 사람인지조차 가물가물했다. 내 이름이 뭐였더라? 내가 몇 살이었지? 믿기지 않겠지만 한참을 생각해야 나이와 이름이 떠올랐다. 생각하지 않는 나는 인간이라고 말하기에는 애매했다.

생존에 필요한 일들은 꼭 했다. 끼니를 해결하고 씻고 화장실을 가야 했다. 타인과 만나지 않았지만 타인을 만났을 때의 습관을 아직

까먹지는 않았다. 돈이 있어야 먹을 것을 살 수 있기 때문에 통장 잔액을 확인하는 것도 잊지 않았다. 온라인으로 최소한의 경제적 활동을 하고 다시 잠을 잤다.

시간이 지나자, 나는 잠만 자는 나에게 지겨워졌다.

지겨워서 일어섰다. 오스트랄로피테쿠스가 직립보행을 시작했던 것처럼 나도 누워있던 나에게서 벗어나 다시 일어섰다. 일어난 내가 할 수 있는 것들은 별로 없었다. 방구석에서 일어나 봐야 방구석이었다. 무언가 활동할 수 있는 것을 찾다가 컴퓨터에 눈을 돌렸다. 초등학교 저학년 때만 해도 부모님 몰래 10시간씩 게임을 하곤 했다. 중학교에 들어가면서 자연스럽게 사라진 습관이었지만 나는 게임을 굉장히 좋아하던 아이였다.

오래된 컴퓨터를 키자 웅웅거리는 소리가 쇠못으로 칠판을 긁는 소리처럼 소름 끼쳤다. 0과 1을 교차하는 빛들을 멍하니 보다가 바탕화면을 봤다. 게임도 깔려 있지 않은 컴퓨터엔 열심히 살던 나의 흔적들이 남아있었다. 전공수업 자료, 공모전 수상 기록, 단편소설, 무언가를 끼적인 메모 등등. 한참을 바탕 화면 속에 남겨진 과거의 내 기록들을 훑어봤다. 한 달 동안 외면하고 있던 나를 다시 바라보니 벌써부터 머리가 아팠다.

문제를 회피하는 것은 아주 비겁하지만, 때론 효과적이기도 했다. 나는 부끄러움도 없이 컴퓨터를 꺼버렸다. 즐거웠던 나를 기억하는 것만으로도 기분이 나빴다. 깜깜한 모니터를 잠시 쳐다보다가 다시 바닥에 누웠다.

오늘의 하루는 일어서겠다는 생각을 한 것만으로도 대단했다.

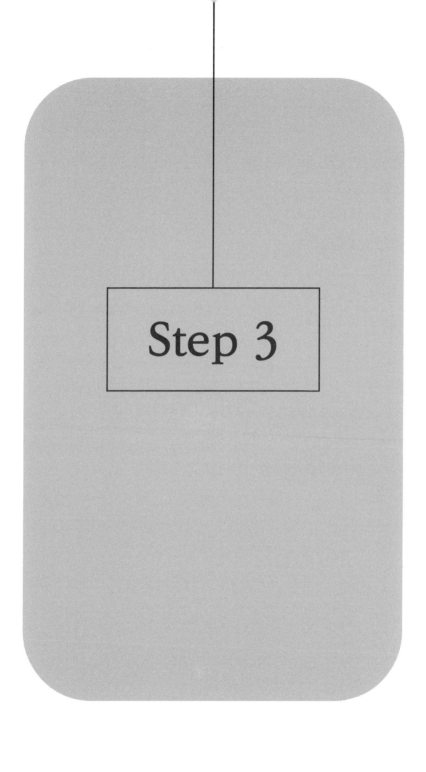

Step 3

보다

아무 생각 없이 인터넷을 켰다
실시간 검색어와 기사를 봤다
여전히 대한민국은 시끌시끌
정신이 없었다

그리고 그렇게 몇 시간 정처 없이
정보의 바다를 헤엄쳤다
산소가 모자라 숨을 헐떡일 때까지
그러다 목이 막힐 때까지

봤다
계속 보다가 다시 누워
잠을 잤다

3. 보다

　하루 종일 할 수 있는 게 보는 것뿐이었다. 무료해서 일어났고 할 수 있는 게 컴퓨터를 보는 것 밖에 없었다. 실시간 검색어로 바라보는 세상은 항상 다툼과 분쟁으로 가득했다. 미래 사회는 불안했고 댓글은 요지경이었다. 좋은 기사엔 좋다고 난리였고 나쁜 기사엔 나쁘다고 지랄이었다.

　누군가는 죽었고 누군가는 억울한 일을 당했다. 억울한 일을 당했다고 믿는 나는 다른 사람들의 불행을 간접 체험했다. 사기를 당하는 사람도 있었고 기업의 횡포에 누명을 쓰는 사람도 있었다. 명예훼손을 당하는 사람도 있었고 반대로 명예를 훼손하는 사람도 있었다.

　내가 대학교를 졸업하고 느꼈던 사회는 언제나 부조리했다. 허리 통증을 참으며 할 수 있는 일을 찾다가 과외업체에서 일을 한 적이 있었다. 초중고 아이들에게 전 과목을 다 가르쳤는데, 정말 공부를 못하는 아이도 있었고 전교권 아이도 있었다. 성적과 상관없이 학생을 받았더니 일주일 만에 모든 스케줄이 다 찼다. 그중에 두 가지 대표적인 부당한 일이 있었다.

　첫 번째 아이는 초등학교 2학년이었다. 첫날 아파트로 찾아가서 상담을 하는데 지나치게 무서워하는 기색이 보였다. 천천히 일상 이야기를 하다가 자세히 물어보니 전임 선생님이 숙제를 안 하면 자로 때렸다고 했다. 방에서 일대일로 만나는 선생님이 아홉 살짜리에겐 얼마나 무서웠을까?

두 번째 아이는 중학교 3학년이었다. 마이스터고를 목표로 한 달에 대략 100만 원 정도가 드는 과외 코스를 받았다. 단기간에 전 과목 성적을 올려야 했다. 그중에 내가 맡은 과목은 영어였는데 숙제도 잘해오고 수업 중 집중도가 높았던 아이가 한 달 후에 공부에 대한 의지가 다 사라져버리는 일이 발생했다. 영문도 모른 채 다음 달에 과외를 그만하고 싶다는 통보를 받았다. 내 수업방식의 문제구나, 안타깝게 생각하다가 나중에 학부모님에게 자초지종을 듣게 되었다. 학습 플래너로 온 다른 선생님이 마이스터고를 가는 것은 고졸이니 인문계 진학이 어떠냐고 설득을 했다는 이야기였다. 16살짜리 중학생에겐 어른의 이야기는 잔인하지만 현실처럼 느껴졌을 것이다. 그때의 나는 학생을 대신해 맹렬하게 화를 냈다.

아쉽게도, 화를 낸다고 바뀌는 것은 없었다.

인터넷 기사를 보고 또 보다 보면 인생의 모든 부정적인 감정을 느낄 수 있었다. 누군가가 태어나고 부당한 일을 당하고 부당한 사회를 만나고 죽는다. 혹은 자살하기도 했다. 재미도 없고 즐겁지도 않았다. 그러나 할 수 있는 게 그것밖에 없었다. 자고 일어나 컴퓨터를 켜고 모니터 화면을 보는 것이 내가 할 수 있는 유일한 행동이었다.

인간에겐 불필요하다고 여기지만 어쩔 수 없이 하는 행동들이 있는 듯하다. 혹은 그렇게 생각하지만 아주 중요한 것들. 술과 담배가 그러했고 연인과의 관계도 마찬가지였다. 답답한 현실을 버티기 위해선 무언가 중독되지 않고는 버틸 수 없는 것일까? 내가 인터넷 기사를 보고 또 보는 이유는 단순했다.

아무 생각도 하고 싶지 않았다. 나와 상관없는 기사를 읽고 배설물 같은 댓글을 읽는 것은 그저 시간을 보내기 위해서였다. 슬프거나 기쁜 기사든 나와는 별로 상관없었다. 방구석에 숨어 있는 나에게 사회는 별 의미가 없어 보였다. 이웃 행성의 일처럼 나에겐 닿지 않는 일들이었다.

머리가 아프고 눈이 뻐근해질 때까지 모니터를 쳐다보다가 더 이상 참을 수 없을 때 이불을 깔고 누웠다. 세상은 어둡게 변하고 곧바로 기절했다. 다시 눈이 떠지면 반복. 내가 볼 수 있는 세상은 모니터에만 있었다.

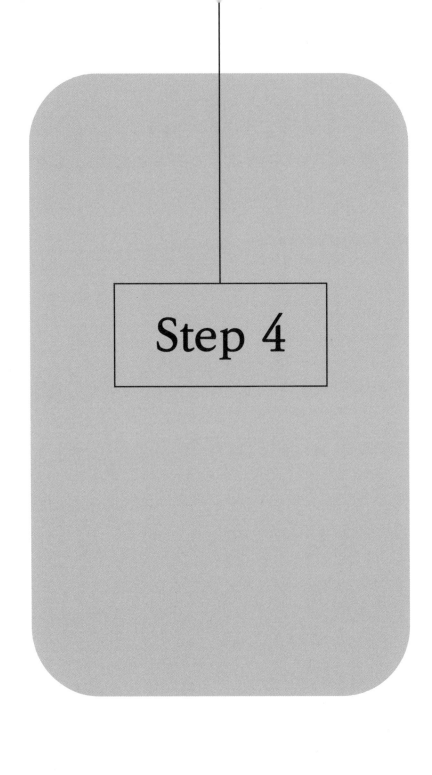

Step 4

나를 잃어버리다

눈 뜨면 컴퓨터 하고
있는 힘껏 자고 또 자고
두 달 정도 흐른 거 같다
아니, 잘 모르겠다

내가 누구였지?
내 이름은? 내 꿈은?
내 전공이 뭐였더라

어떠한 말도 하지 않았다
말을 어떻게 할 수 있지
하늘의 구름과 태양과 달이
믿기지 않았다

원치 않게 거울 속 누군가를
봤다
시체 같은 표정의 남자가
북어처럼 말라비틀어진
눈동자로 꿈벅 나를 봤다
실례지만, 누구세요?

4. 나를 잃어버리다

나에게도 행복했던 순간들이 있었다. 사실 잘 기억은 나지 않지만 그때는 인생이 살만했다. 기간으로 생각해 보면 열네 살부터 열여섯, 중학교 시절이었다.

중학교 생활이 즐거웠던 이유는 육상을 그만뒀기 때문이었다. 힘든 육상을 하지 않으니 중학교 생활은 힘든 일이랄 게 없었다. 학원을 다니고 아이들과 감정싸움을 하는 경우가 몇 번 있었지만 그뿐이었다. 육상은 왜 그만뒀냐고? 이유는 단순했다. 돈이 되지 않아서였다.

처음엔 뛰는 게 좋아서 육상을 했다. 그다음엔 이기고 싶어서 더 열심히 연습을 했고 서울시 대회에서 2등을 하면서 전국소년체전에 나갔다. 학교 입구에 현수막도 걸리고 으레 그렇듯 상장을 받았다. 아이들은 멋지다고 칭찬을 했고 칭찬받는 게 좋았던 나는 더 멋진 사람이 되고 싶었다. 하지만 같은 서울시 대표 형들이 하는 말들은 항상 같았다. 돈이 되지 않으니 빨리 그만둬라. 나도 그만둘 것이다.

경쟁을 해야 하는 육상은 더 이상 즐겁지 않았다. 대회 때마다 심장이 터질 거 같았고 800m의 거리가 너무나 멀리만 느껴졌다. 어린 내가 생각해 보아도 육상은 돈이 되지 않을 거 같았다. 어머니는 난치병이었고 아버지가 홀로 세 명의 아이들을 키워야 했다. 나는 부모님에게 상의하지 않고 육상을 그만뒀다. 조심스럽게 이유를 묻는 아버지에게 "힘들어서요."라고 대답했다. 그때 내가 "돈이 되지 않아서요."라고 대답했다면 아버지가 다르게 말했을까? 아버지는 특별한 말이 없었다.

중학교는 적당히 공부하고 아이들과 낄낄 거리며 놀면서 보냈다. 용돈이 없던 나는 100원을 빌려서 판치기로 빵 값을 벌었고 게임머니를 판매해서 옷이나 신발 따위를 살 수 있었다. 경제적으로 풍족하지 못했지만 미래를 절망하지 않았다. 잘하던 육상을 포기했지만 평범한 하루하루가 마음에 들었다. 그런 시간들이었다.

이때의 내 꿈은 단순했다. 평범하게 사는 것이었다. 특별히 무언가를 하지 않고 남들처럼 사는 것도 행복한 삶이라고 생각했다. 어른이 돼서 연애도 하고 직장 생활도 할 것이다. 좋은 직장이 아니더라도, 화려한 삶이 아니더라도, 나는 행복할 거라고 생각했다. 어린 시절의 꿈이었다.

두 달 동안 잠자고 컴퓨터를 하다가 거울을 봤다. 낯선 남자가 나를 바라보고 있었다. 언제나 긍정적이고 파이팅 넘치던 남자는 없고 눈 밑이 푹 꺼진 침침한 사내가 거울에 있었다.

죄송한데, 방구석에서 뭐하세요?

멍하니 나를 바라보다가 억지로 웃어봤다. 입술이 잘려나간 것처럼 아팠다. 시체 같은 얼굴이 잠시 움직였다. 웃는 게 어울리지 않았고 어색했다. 기분 나쁜 얼굴을 쳐다보다가 바닥에 누웠다. 잠을 잘 시간이었다.

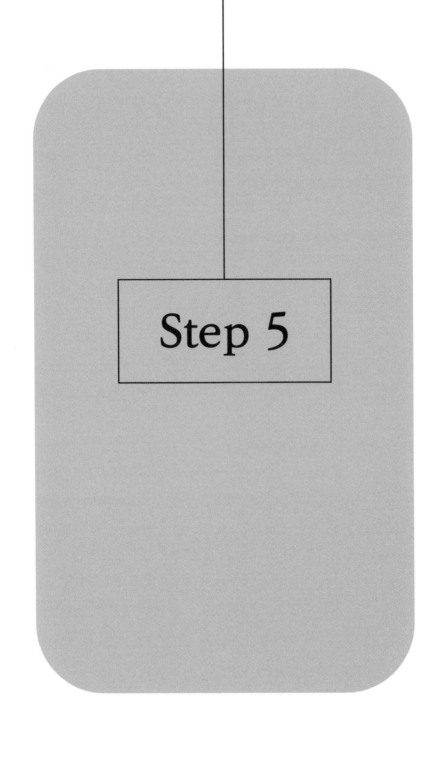

Step 5

같은 생각

잠자고 컴퓨터 하기
다시 잠자고 컴퓨터 하기
3개월이 넘어가니, 딱
TV에서나 볼법한 폐인
이 바로 나였다

생각하지 않았다
불현듯 날카로운 현실감각이
빳빳하게 고개를 치들 때 달칵
마우스는 새로운 영상을 틀었다
보고 또 보고 생각하지 않았다

생각지 않고 컴퓨터만 보는 나는
내가 아니었고
컴퓨터와 생각이 같았다
나는 잘 모르겠고
컴퓨터의 생각은 잘 아는 것 같았다

5. 같은 생각

어릴 적 나는 비 내리는 걸 좋아했다. 누워서 빗소리를 듣고 있으면 심장이 간질간질하고 마음이 부웅 뜨는 기분이었다. 비가 그친 후엔 더러웠던 거리도 깨끗해지고 숨쉬기도 한결 편한 기분이었다.

그러던 내가 비를 잠시 싫어하게 된 일이 발생했다. 대충 초등학교 3학년, 열 살즈음이었을 텐데 수업이 끝났는데 몹시도 비가 많이 왔다. 다른 아이들은 우산을 챙겨오거나 부모님이 와서 우산을 챙겨주었다. 나는 부러운 눈으로 학교를 떠나는 아이들을 바라봤다. 우리집은 학교와 가까웠지만 아무도 오지 않았다. 전업주부인 어머니는 분명 집에 있을 테지만 학교에 올 리가 없었다.

어머니는 내가 초등학교 2학년 때부터 아프기 시작했다. 앰뷸런스를 타고 병원에 입원하고 퇴원하기를 반복했다. 더하기 빼기도 제대로 할 줄 모르는 나에게 어머니의 병은 미지의 세계였다. 어머니가 입원을 하면 아버지가 아침을 했다. 다시 집으로 돌아온 어머니는 이전의 어머니와 달랐다. 밥을 하고 빨래를 했지만 그 외의 일은 하지 않았다. 아무도 어머니의 병에 대해 이야기하지 않았고 불평불만을 내뱉지도 않았다.

비 내리던 그날, 나는 화가 났다. 아파서 학교에 오지 못하는 걸 알고 있으면서도 오지 않는 어머니가 미웠다. 십 분쯤 기다렸는데 빗소리만 더 커졌다.

"우산 없어?"

"우산 같이 쓸래?"

"아니, 괜찮아. 그냥 가면 돼."

어린 마음에 괜한 자존심이었던 거 같다. 나는 아이들의 도움을 거절하고 결국 혼자 집으로 걸어갔다. 금세 가방과 속옷까지 비에 흠뻑 젖었다. 앞으로 걸을 때마다 운동화에서 찍찍 물이 넘쳤다. 눈에 힘을 주고 씩씩하게 걷다가 눈물이 흘렀다. 우산을 쓰고 지나가는 아이들이 가끔씩 나를 훔쳐봤지만 신경 쓰지 않았다. 워낙 빗줄기가 굵어서 우는 것도 보이지 않을 것이었다.

홀딱 젖은 생쥐처럼 집에 돌아와 샤워를 했다. 어머니는 큰방에 누워서 막내아들이 돌아온 것도 모르는 듯했다. 조용한 집에서 나는 컴퓨터를 켜고 게임을 했다. 나는 웬만한 게임들을 모두 잘했다. 책을 읽거나 공부하는 건 정말 싫어하면서도 게임은 이야기만 나와도 엉덩이가 들썩였다.

그 당시 유명했던 온라인 게임에 접속해 몬스터들을 죽였다. 게임은 즐거웠다. 레벨이 오르고 더 좋은 아이템을 얻고, 다양한 스킬들을 쓸 수 있게 되었다. 게임 속에선 내가 초등학생인 줄 몰랐고 모두가 동등한 대우를 받았다. 한참을 게임을 하다가 문득 그런 생각이 들 때가 있었다. 내가 왜 이렇게까지 열심히 게임을 하고 있었더라?

잘 시간이 되어 컴퓨터를 끄고 눈을 감았다. 깜깜한 어둠 속에 빗소리가 들리면 잠이 잘 왔다. 하도 오래 하다 보니 머릿속으로 움직이는 내 캐릭터가 떠올랐다. 열심히 몬스터와 싸운 캐릭터도 오늘 하루는 힘들지 않았을까? 나도 캐릭터도 쉬어야 했다. 부모님과 이야기하는 시간보다 게임을 하는 시간이 더 길었다. 부모님 생각은 모르겠지만 캐릭터의 생각은 알 수 있을 거 같았다. 캐릭터가 곧

나였다. 타당타당, 무언가에 부딪치는 빗소리는 언제 들어도 좋았다. 내일 죽여야 하는 몬스터와 얻어야 하는 아이템 생각을 하다가 까무룩 잠들었다.

내일도 학교에 가야 했다.

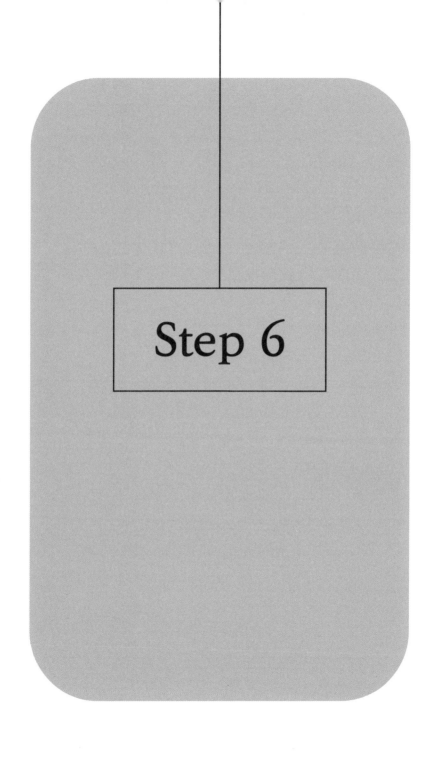

Step 6

다시 웃기

컴퓨터를 하다 하다
머리가 아파졌다
어떠한 글도 영상도
눈에 들어오지 않았다

다시 시체처럼 누워있다
일어나 컴퓨터를 켰다
인터넷 방송이란 걸
들어가 봤다

신기한 사람들이
신기한 시청자들과 방송을
하고 있었다
이상했다

이런 방송이 왜 인기 있지?
이런 방송을 왜 보고 있지?
나는 왜 이렇게 넋 놓고
무기력하지?

웃었다
세상이 미쳐버린 것처럼
아무 맥락 없이

6. 다시 웃기

커서 정말 되고 싶지 않던 어른의 유형이 있었다. 나이가 많다고 어린 사람들을 찍어 누르는 사람이었다. 요즘 말로 하면 꼰대. 어렸을 적부터 나는 어른들의 말을 그렇게 주의 깊게 듣는 편이 아니었고 열심히 살지도 않고 어린 사람들에게 훈수를 두려는 사람들을 보면 마음 깊숙한 곳에서부터 반발심리가 들었다.

첫 조직 생활의 시작이었던 육상부에서 후배들에게 무언가 하라고 말하지 않았고 중학교, 고등학교, 대학교, 그리고 군대에서도 절대 아랫사람들에게 함부로 대하지 않았다. 성인이 되어서는 어린 친구들을 가르치면서도 절대 말을 놓지 않았다. 어렸을 적 나를 생각하며 존댓말부터 하는 게 버릇이었다. 하지만 나도 나이가 들다 보니 특정한 상황에서 어릴 적 내가 싫어하던 행동들을 하고 있었다.

나의 생일날이었다. 상대방은 내 생일을 챙겨주기 위해 꽃과 선물, 그리고 편지까지 써온 상황이었다. 학번 차이가 많이 나지만 내 생일을 챙겨주고 싶었던 후배였다. 인생을 멋지게 살아가는 친구였다. 그런데 내가 이해하지 못할 행동을 했다. 내 생일날, 본인이 먹고 싶은 걸 먹어야 한다는 것이었다. 당연히 내가 계산할 생각이었던 나는 거기서부터 기분이 상했다. 생일 자체를 그렇게 특별하게 생각하지 않는 편이긴 하지만 그래도 내가 계산할 상황이 분명한데 상대방이 먹고 싶은 것을 먹어야 한다고?

상식적인 상황이 아니라고 생각하고 설득을 시작했다. 처음엔 쉽게 설득이 될 줄 알고 웃으며 이야기했는데 통하지 않았다. 나는 이런저런 예를 들면서 설득했다. 역시 통하지 않았다. 그때부터는 내 마음 깊숙한 곳에 있던 속마음이 튀어나왔다. 인생을 더 살아본 입장에서 그래도 생일인데 생일자가 먹고 싶은 걸 먹어야 하지 않겠냐는 이야기를 했다. 정말 정말 내가 싫어하는 방식의 설득을, 내가 해버린 것이다. 말해놓고 보니 상대방은 이미 기분이 상해버렸다. 설득을 포기하고 택시를 타고 상대방이 원하는 식당으로 갔다. 이래저래 마음이 찜찜한 생일이었다.

 내가 나이를 먹는 것을 체감하는 순간은, 어릴 적 싫어하던 행동들을 현재의 내가 할 때였다. 인터넷방송을 보게 된 그 순간도 나는 나의 행동에 놀랐다. 3개월 넘게 폐인처럼 지내다 보니 도저히 할 게 없었다. 잠을 자거나 인터넷 뉴스를 보거나 하는 것도 신물이 날만큼 즐겼다. 누군가를 증오하고 거침없이 욕하는 댓글을 보는 것도 흥미가 떨어졌다. 할 게 없었다. 그러다 대학생 때 인터넷 방송을 본다는 동기의 말이 떠올라서 검색을 해봤다. 그곳에는 이상한 사람들이 이상한 방송을 하고 있었다.
 채팅창에 욕설이 거침없이 올라왔다. 이게 방송이라고? 더 이해가 되지 않았던 건 그런 상황을 즐기고 있는 시청자들이었다. 대한민국에서 정신이 이상한 사람들만 모인 것 같았다. 이게 어떻게 즐겁지? 어떻게 이런 채팅을 칠 수가 있지? 생각을 하지 않고 방송을 틀어 놨다. 사실 내용은 제대로 듣지 않았다. 채팅창을 제대로 보지도 않았다. 누군가의 소음을 들으면서 하루 종일 그러고 있었다. 그러다 잠을 자고 다시 일어나면 인터넷 방송을 켰다.

어느 날 문득, 자고 일어나서 컴퓨터를 켜다가 웃음이 터졌다. 아무 이유도 없이 한참을 낄낄거렸다.

Step 7

스마일

한 번 웃음이 터지니
웃고 있는 내가
웃겼다

이런 거지같은 상황
속에서도
웃을 수 있다니

웃다가 배가 아파서
울다가 웃다가
다시 웃었다

7. 스마일

　스리랑카로 가는 비행기에서 일곱 시간 동안 울었다. 고장나버린 눈에서 눈물이 멈추지 않았다. 많은 책들에서 눈물을 흘리면 괜찮아진다고 했지만 나는 괜찮지 않았다. 사람들이 쳐다볼까 소리 없이 눈물만 흘리다가 너무 힘들면 화장실에 가서 세수를 했다. 차가운 물이 얼굴에 닿으면 잠시 눈물이 멈췄다. 크게 심호흡을 하고 좌석에 앉으면 다시 눈물이 흘렀다. 한국을 떠나는 비행기에서, 나는 살고 싶지 않았다. 비행기가 사고 나고 죽을 확률은 대략 1100만 분의 1. 진심으로 비행기 사고가 나길 바랐다. 내가 나쁜 선택을 하지 않아도, 마치 어쩔 수 없이 죽은 안타까운 죽음이 될 수 있도록 지금 내가 타고 있는 비행기가 사고가 나기를 기도했다. 하지만 안타깝게도 나는 재난 영화 안에 살고 있는 게 아니었고 비행기는 무사히 스리랑카에 도착했다.

　비행기 안전벨트를 하는 순간부터 나는 생각했다. 어차피 사고가 나면 죽을 텐데 도대체 안전벨트는 왜 하는 걸까? 확률적으로 사고가 날 확률은 희박하지만 사고가 나면 죽는다. 본질적으로 비행기는 시간을 단축시키기 위한 효율적 행동을 위해 목숨을 걸어야 하는 교통수단이었다. "모두 잠시만 기다려주시기 바랍니다." 승무원의 목소리에도 마음이 급한 사람들이 안전벨트를 풀었다. 나는 최대한 기다리다가 마지못해 안전벨트를 풀고 간소한 짐을 챙기고 비행기에서 내렸다. 이제부터 스리랑카에서 봉사활동을 해야 했다.

　"이리로 모이세요. 먼저 숙소로 이동할 거예요. 날씨가 많이 덥죠?"

80명이나 되는 대학생들이 작은 무리를 이루고 이동했다. 공항을 벗어나자 등허리로 땀이 줄줄 흘렀다. 숙소에 도착해서 2주일 동안 사용할 짐을 내려놨다. 20명씩 4개의 조가 활동했는데 한 조에 남자 열 명, 여자 열 명이었다. 남자 열 명이서 같이 쓰는 숙소에서 나는 에어컨이 나오지 않는 독방을 배정받았다. 다른 아이들은 서로 친해지기 위해 이런저런 쓸데없는 이야기를 했다. 나는 침대에 누워 앞으로의 2주를 생각했다. 도저히 봉사활동을 할 수 있는 상태가 아니었지만, 하지 않을 수가 없었다.

스리랑카 봉사활동은 단순하고 고됐다. 새벽 6시에 일어나 오후 5시까지 건축 봉사활동을 하고 숙소에 돌아와서는 문화공연 준비를 했다. 모든 일정이 끝나면 대략 저녁 10시였다. 나는 우리 조의 영상을 만들기로 한 터라 밤 12시나 새벽 1시까지 따로 영상편집을 했다. 열정 많은 대학생들끼리 뭉쳐서 지내다 보니 이런저런 사건사고들이 있었다. 인상적인 것들은 대략 두 가지였다.

1. 봉사활동 기간 중에 생일인 사람이 있어서 우리 조의 팀장은 초코파이와 먹을 것을 챙겨왔다. 주최 측 대기업 직원이 허락되지 않은 음식이라 먹을 수 없다고 빼앗았다. 표면적인 이유는 상할 수 있다는 것이었다.

2. 다른 조의 팀장이 저녁에 콜라 20개를 사서 팀원들과 같이 먹었다. 뙤약볕에서 건축봉사활동을 하다 보니 다들 시원한 콜라 생각이 간절했다. 1번 이야기와 마찬가지로 주최 측 대기업 직원에게 걸려서 따로 집합을 받고 쓴소리를 들었다고 했다. 집합의 이유는

허락되지 않은 음식을 먹으면 배탈 날 수 있다는 것이었다. 1번 이야기와 다른 점은 그래도 먹었다는 것이다.

나는 화가 났지만 화를 내지 못했다. 대기업에서 후원해 주는 이 해외봉사활동은 마치 기업연수 같았다. 대기업 직원들은 약속되지 않은 행동을 하는 대학생들을 마치 부하 직원처럼 대했다. 이미 여러 권의 책을 내고 사회생활 9년 차인 나는 대학생 편에서 이야기해줄 수 없었다. 당장에 하루하루 숨 쉬는 것도 힘들었다. 내 코가 석자였다.

아무리 힘들어도, 나는 가끔 웃었다. 사람들 앞에선 열심히 봉사활동을 했고 홀로 잠들기 전 울었다. 사람들은 내 심장에 박힌 가시를 보지 못했고 아무리 힘들다고 해도 공감하지 못했다. 죽고 싶어 하는 사람을 보면 대부분의 사람들은 비슷하게 행동했다. 최대한 공감하고 위로하려고 노력하다가 그 행동이 지속적으로 일어나면 지쳐서 포기하게 된다.

스리랑카로 가기 위해 인천공항으로 가는 도중 아버지와 싸우게 됐다. 아버지는 이런저런 선택을 번복하고 있는 나에게 화를 냈다. 하나의 길을 선택해서 꾸준히 노력해야 된다는 이야기였다. 이제껏 한 번도 진로 문제에 대해서 말씀이 없던 분이었다. 아픈 아내를 포기하지 못한 채 삼 남매를 키워야 했던 가장은 말이 없었다. 내가 육상을 포기할 때도, 대학원을 포기할 때도, 한 번도 큰소리를 내지 못했다. 제대로 지원해 주지 못한 미안함 때문이라고 나는 생각했다. 그러던 아버지가 화를 내고 있었다. 마음이 무너지고 있던 나는 온전히 걱정 어린 충고를 들을 수 없었고 화가 났다. 심장이 터져버릴 것처럼 두근거렸다.

인천공항을 향하는 아버지의 차 안에서 나의 가장 큰 세상이 무너지고 있었다.

"제가, 차 문을 열고 뛰어내려야 얼마나 힘든지 아시겠어요?"

내 입 밖으로 나온 말들이 나조차도 믿기지 않았다.

30분가량 차 안에서 하염없이 울었다. 공항에 도착해서도 눈물이 멈추지 않았고 세수를 하고 나서야 겨우 진정됐다. 스리랑카로 향하는 일행들은 같이 모여 사진을 찍었다. 밝게 웃고 떠드는 일행들 속에서 나는 말이 없었다. 이런저런 설명을 듣고 비행기를 탔다. 고요한 비행기 속에서 다시 눈물이 터졌다. 스리랑카로 향하는 7시간 동안 그렇게 내 눈이 고장 나 있었다.

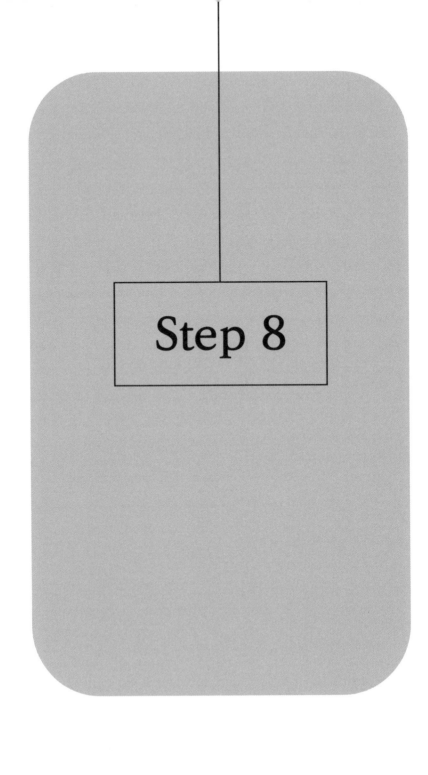

Step 8

정신승리

세 달쯤 방구석에
살았다
시간이 지나니 생각보다
괜찮았고 좋았다

잔소리하는 사람도 없고
누군가랑 대화할 필요도
노력할 필요도
그 무엇도

방구석에 먼지가 쌓였다
치우지 않고 멍하니
켜켜이 어두워지는 티끌을
바라봤다
좋았다 마치 나와 같았다

8. 정신승리

나의 첫 번째 콤플렉스는 어머니였다. 어릴 적부터 아픈 어머니를 나는 숨기기 시작했다. 마치 절대 말해서는 안 되는 비밀처럼 꽁꽁 마음속에 숨겼다. 앞으로도 평생 아파야 하는 어머니를 나는 그렇게밖에 대하지 못했다.

가족에서 채울 수 없는 무언가를 위해서 나는 열심히 살았다. 아주 다행히도 겉으로 보이는 나는 마치 부잣집 도련님 같았고 행복한 가정에서 자란 아이 같았다. 실제론 그렇지 않아도 지기 싫었다. 대학교 등록금을 벌기 위해 건설 현장을 갔던 이유는 인생을 멋지게 살아가기 위해서가 아니라 어머니가 아파서였다.

"왜 그렇게 열심히 살아?"

"건설 현장 힘들지 않아?"

많은 사람들이 질문했을 때 마치 나는 정해진 답처럼 대답했다.

"열심히 살려고요."

우리 집이 부자였다면, 어머니가 아프지 않으셨다면 나도 남들처럼 토익 공부를 하거나 연애를 하거나 다른 선택을 할 수 있었을지도 몰랐다. 하지만 초등학교 때부터 어머니가 부재한 집에서 자란 나에겐 합리적인 선택과 행동이 필요했다. 글을 써서 출판을 하고 장학금을 받고 칭찬받는 삶을 살아야 했다.

그런 상황 속에서도 나는 어머니가 아프지 않다고 생각했다. 가끔씩 증상이 심해져서 응급실을 가야 하는 어머니가 마치 주기적으로 감기가 걸린다고 착각했다. 내가 보고 싶은 대로 내가 믿고 싶은 대로 믿으려 했다.

 이제는 어머니를 부끄럽게 생각한 내가 부끄럽다. 아버지는 아직도 난치병에 걸린 어머니 이야기를 바깥에서 하지 말라고 조언했다. 내 인생에 도움이 되지 않을 거라는 아주 현실적인 설명을 빠뜨리지 않고서. 아버지에게 어머니는 콤플렉스일까 상처일까 실수일까 아니면 후회일까. 아직도 알 수 없다.

 방구석 생활이 길어지면서 지나간 시간들이 흐릿해져 갔다. 나는 또다시 나에게 거짓말하기 시작했다. 방구석 생활도 나쁘지 않다. 성공하려는 욕심을 포기하고 그냥 이렇게 인생 패배자처럼 지내는 것도 괜찮다. 그렇게 나에게 거짓말하기 시작했다. 아무도 없는 홀로된 삶을 버티려면 그런 거짓말이 필요했다. 처음엔 믿기 힘들었지만 시간이 지나니 믿지 않을 수 없었다. 하루 종일 말도 하지 않고 밥 한 끼 먹는 인생을 버티려면 그런 거짓이라도 믿어야 했다.

 생각해 보면 방구석 생활도 나쁘지 않았다. 노력만 한다면 온라인으로도 돈을 벌 수 있었다. 누군가를 만나기 위해 비싼 옷을 살 필요도 없고 비싼 음식, 비싼 차, 모두 다 필요하지 않았다. 인생은 결국 혼자 살아가는 것이었다. 하쿠나 마타타(Hakuna Matata). 문제라고 생각하지 않으면 문제는 사라졌다.

 때때로 방구석에 누워 멍하니 천장을 쳐다봤다.

 칼날 같은 햇빛에 걸린 먼지가 아주 천천히 움직이고 있었다. 내려가거나 올라가는 먼지는 걱정이 없어 보였다. Dust In The Wind. 바람 속의 티끌처럼 내 과거의 욕심과 욕망도 결국 먼지처럼 사라질 것이었다.

　손을 뻗어 먼지를 잡고 싶었지만 잡을 수 없었다. 시선을 돌려 방구석에 쌓인 먼지를 바라봤다. 타다 남은 재처럼 점점 짙어지는 티끌들이 마음에 들었다. 아무도 찾지 않는 나에게 눈에 들어온 것은 먼지밖에 없었다.

Step 9

시간이 멈추다

잠이 오지 않았다
누워서 바라보는
천장이 감옥처럼
내 마음을 짓눌렀다

방에서 지낸지
하루 한 달 아니, 6개월
아니, 내 마음속에선
지옥 같은 시간이

영원히 끝나지 않을
고통과 통증만이
나를 잠들지 않게 했다

긴 밤이었다

9. 시간이 멈추다

살아가면서 시간이 멈춘 것만 같은 순간이 있었다. 공통적인 특징은 힘든 순간들이었다는 것이었다. 첫 번째 기억은 육상 트랙에서 시작되었다. 서울시 대표로 뽑히고 노란색 서울시 유니폼을 입을 수 있게 되었다. 처음 참여하는 전국소년체전을 나가기 전에 서울시 코치에게 훈련을 받게 되었다. 지하철을 타고 훈련장에 도착했다. 한여름의 목동 운동장은 뜨거운 햇빛으로 이지러지고 있었다. 평소보다 과한 인터벌 훈련을 받는 동안 숨이 턱턱 막혀왔다. 그만하겠다고, 못하겠다고 말하고 싶었다. 온몸이 불덩이 같았고 숨이 막혀왔다. 뜨거운 맞바람을 가르며 트랙을 밟을 때마다 포기하고 싶었다. 하지만 13살의 나는 그러한 용기가 없었고 겨우겨우 버티다 화장실에 들어가서 드러누웠다. 차가운 바닥에 머리가 닿으니 어지럽던 정신이 돌아왔다.

두 번째 기억은 이등병 때였다. 무려 포스타께서 부대 방문을 한다고 순시 경로의 도로를 정비해야 했다. 가장 큰 문제는 아카시아 나무들이었다. 큰 나무들은 중장비로 정리할 수 있었지만 작은 나무나 숨어 있는 나무들은 직접 손으로 베어야 했다. 작은 톱을 들고 아침부터 저녁까지 쉬지 않고 나무를 잘랐다. 나무는 끝도 없이 많았고 국방부 시계는 멈춰 있는 것만 같았다. 아주 다행히 해가 떨어지니 일과가 끝났다. 그렇게 하루씩 시간이 흘렀다.

세 번째 기억은 건설 현장이었다. 대학교를 졸업하고 생각했던 것들이 다 실패하고 건설 현장에 가게 되었다. 등록금을 벌기 위해

갔을 때와는 달리 다 실패하고 간 건설 현장은 달랐다. 하루하루 시간이 멈춰 있는 것만 같았고 살아가는 게 너무 힘들었다. 위로를 받을 사람도 없었고 연락할 사람도 없었다. 온갖 고통이 끊임없이 반복되는 것만 같았다.

좋았던 순간은 없었을까?

고민을 해야 했다. 힘들었던 순간은 금방 떠올랐지만 행복했던 순간은 노력해서 짜내야 했다. 인간의 두뇌는 달콤한 것들은 금방 잊고 쓰라린 것들은 기어코 포기하지 않으려 했다.

고통의 순간들을 되돌려보면 사실 고통스럽기만 한 것은 아니었다. 육상 훈련을 할 땐 항상 힘들었지만 처음 서울시 대회에서 2등을 할 때는 행복했다. 800m 경기 특성상 마지막 남은 200m에서 전력 질주를 하고 있을 때였다. 누군가의 환호소리와 코치님의 응원소리, 관중들이 선수들을 외치는 소리가 뭉뚱그려진 소음처럼 들리고 있었다. 5등에서 한 명씩 추월해서 2등으로 결승선을 통과했을 때 말로 표현할 수 없는 전율이 온몸을 훑고 지나갔다. 힘은 하나도 없었지만, 즐거웠다. 옆 잔디에 누워서 한참을 멍하니 하늘을 바라봤다. 시간이 조금만 천천히 갔으면 좋을 듯도 싶었다.

대한민국 남자라면 대부분 겪는 경험이겠지만, 전역하는 순간도 잊지 못 할 상황이었다. 이등병 때 그렇게 느리게 가던 시간이 결국엔 흐르고 흘러 전역 날이 밝았다. 전역만 하면 뒤도 안 돌아보고 갈 것만 같았는데 왠지 모를 아쉬움이 있었다. 마지막 경례를 하고 부대를 나서면서도 자꾸만 뒤를 돌아보게 되었다. 미처 챙기지 못한 젊은

날의 청춘을 두고 떠나는 기분이었다.

건설 현장에서도 나쁜 기억만 있는 것은 아니었다. 스무 살에 처음 건설 현장을 가서 두 달을 버티고 집으로 돌아갈 때 말로 설명 못할 뿌듯함이 있었다. 드디어 어른으로서 값진 돈을 벌었다는 느낌이 들어 어깨에 잔뜩 힘이 들어갔다.

나쁜 기억의 총량과 좋은 기억의 총량을 비교해 보면 분명 좋은 기억이 많을 거라고 생각한다. 일상의 하루, 식사, 이야기 등등등. 하지만 너무 힘든 하루를 보내고 있을 때 나에겐 그런 기억과 감정들이 느껴지지 않는다는 게 문제였다. 우리의 마음이 무너지고 있을 때 행복했던 모든 것들은 그 어느 것도 도움이 되지 않는다.

Step 10

나와 놀기

방구석에서
할 게 없었다

할 게 없어서
내가 나랑 놀았다

홀로 하루에 한 끼를
살기 위해 밀어 넣고
낄낄 거리며 웃다가
입을 다물었다

사람이랑 말이란 걸
해보고 싶었다

10. 나와 놀기

어릴 적 나는 골목대장이었다. 밤톨처럼 작았던 나는 잘 달렸고 모든 놀이를 잘했다. 경찰과 도둑, 깡통차기, 그것도 아니라면 테니스공을 가지고 노는 와리가리 등등. 미취학 아동들이 하는 대부분의 놀이는 달리기가 포함되어 있었다. 머리가 한 뼘이나 더 큰 형들도 포기하지 않고 달리는 나를 잡을 수 없었다. 하늘이 어둑어둑해질 때까지 신나게 놀다가 저녁 먹을 시간이나 되어서야 손이 시커멓게 되어 집으로 갔다. 친구들과 노는 게 즐거웠고 서로간의 이해다툼이 없었다. 그 당시만 해도 초등학생이 핸드폰을 사용하는 일은 거의 없었고 키즈카페나 학원에서 친해지는 게 아니라 동내 앞에서 놀면서 친해졌다.

즐거웠던 초등학교 생활이 끝나고 중학교부터는 세상이 달라졌다. 아이들은 뭔가 계산적으로 바뀌었고 서로 비슷한 성향끼리 어울렸다. 누군가를 미워하고 좋아하는 것들에 대한 호불호가 확실해졌다. 육상을 그만두고 움직이는 것보단 게임을 더 많이 하게 되었고 친구의 권유로 책이란 걸 읽게 되었다. 중학생이 되어서야 독서란 걸 시작한 나는 남는 시간 대부분을 독서를 했다. 친구들과 어울려 노는 것보다 혼자 독서를 하는 시간이 더 많아졌다. 그러자, 그런 나에 대한 안 좋은 소문들이 꼬리표처럼 따라붙었다. 재수 없다는 내용들이었다. 그 외에도 온갖 소문들이 내 삶을 쫓아왔다.

활자의 세계가 더 좋아진 나는 크게 신경 쓰지 않았다. 중고등학교를 졸업하는 순간들 속에서 누군가와 친해지는 것은 잠시였다. 점점 더 혼자 보내는 시간이 많아졌고 누군가에게 먼저 다가가는 법을 까먹기 시작했다. 어릴 땐 별생각 없이 말을 걸고 친해졌던 거 같은데, 어느덧 성인이 된 나는 아주 방어적으로 사람들을 만나고 있었다. 상대방이 다가올 때까지 고슴도치처럼 웅크리고 있던 것이다.

생각해 보면 나는 상처받는 것을 두려워하고 있었다. 그래서 더욱 말을 하지 않게 되었고 소수의 사람들과 소통을 했다. 그러다 가까운 사람들에게 상처받는 게 두려워 그 소수의 사람마저 먼저 쳐내 버리는 사람이 되어버렸다. 내가 마음의 문을 닫으면 아무도 상처 줄 수 없다고 믿었다.

홀로 방구석 생활을 하다가 문득 생각이 들었다. 그래도 나름 열심히 살았는데 왜 아무도 나를 찾지 않는 것일까?

책도 쓰고 공모전도 하고 봉사활동도 하고 동아리도 참여했었다. 주변에 사람들이 많았고 연락처도 많았다. 그러나 수백 개의 연락처 중에서 나를 걱정하며 연락 오는 사람이 없었다. 힘들다고 말할 수 있는 사람이 단 한 명도 없었다.

내가 살아가는 방식의 문제였다.

먼저 손을 내밀지 않으면, 아무도 나에게 손을 뻗지 않았다. 내가 얼마나의 지옥에 있는지 사람들은 알지 못했다. 말하지 않고 상대방이 알아주기를 바라는 것은 지나친 이기심이었다. 그리하여 지금 나에겐 말할 수 있는 사람이 아무도 없었고 외롭고 힘겨웠다.

내가 말을 걸 수 있는 사람은 나밖에 없었다.

오늘은 어때?

밥은 먹었니?

2015년의 너에게.

2020년 7월 17일의 내가.

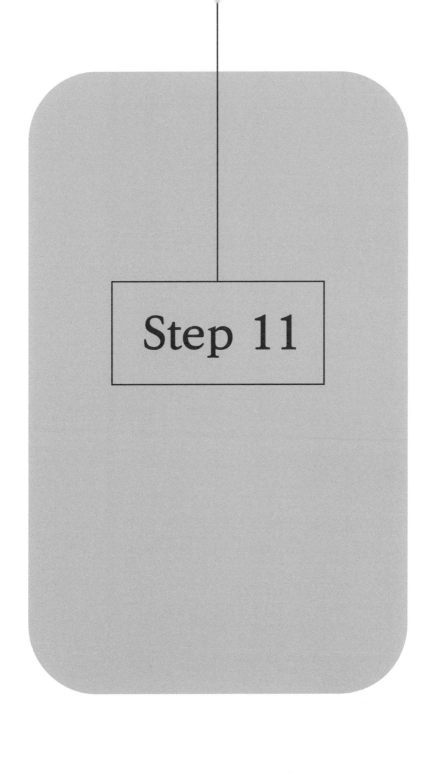

Step 11

친구 찾기

대학생 때
카프카 〈변신〉을
병적으로 싫어했다

벌레로 변하는 주인공이
싫었던가
혹은 그냥 벌레가 싫었다
사실, 다리가 많은 생명이
무서웠다

그런데 어느 날
살기 위해 도망치는 바퀴벌레가
불쌍했다

나같은 사람에게
죽을지도 모른다고
두려워하다니
가엾구나 벌레야

11. 친구 찾기

6살즈음에 놀이터에서 개미를 죽이는 아이를 본 적이 있었다. 나랑 비슷한 어깨 높이를 하고 있던 남자아이가 발로 지나가는 개미를 밟고 있었다. 콰직, 한순간에 하나의 생명이 사라졌다. 똑같이 꼬맹이인 내가 생명에 대한 존엄성이나 정당성을 설명할 수는 없었다. 그냥 기분이 나빴다.

21살 때다. 하루하루의 군생활이 무료했던 선임은 잠자리를 라이터로 태워 죽였다. 처음부터 태운 것은 아니고 날개를 하나씩 뜯다가 더 이상 뜯을 게 없어져서 라이터를 사용했다고 말했다. 깊은 거부감이 들었지만 선임에게 감히 이야기할 수 없었다.

방구석의 나에게 바퀴벌레는 곧바로 죽여야 하는 해충이었다. 모든 생명이 존엄하다고 생각하면서 눈앞에 보이는 모기나 바퀴벌레는 살려두지 않았다. 곤충을 괴롭히면 안 된다고 생각하면서도 나에게 해로운 것들은 살려두지 않던 나는 그렇게 자비로운 사람은 아니었던 거 같다.

문득, 비좁은 방구석에서 도망치던 바퀴벌레가 불쌍했다. 주저하지 않고 휴지로 눌러 죽여 놓고 그런 생각을 했다. 절로 인상을 찡그리며 혐오하던 대상이 왜 불쌍할 수 있지? 생각하지 않고 존재하는 나는 딱히 생명체라고 정의 내리기 어려운 상태였다. 무언가 움직이는 생물이 그리웠다.

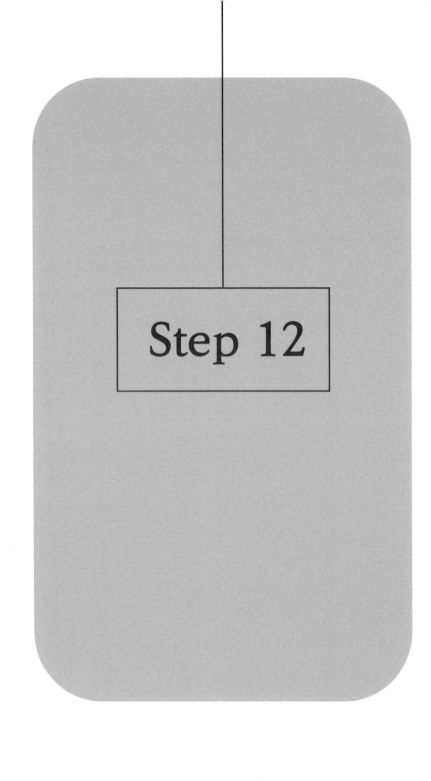

Step 12

울기

매일 아침
눈이 떠지는 게
너무 힘들었다

울다 지쳐서 잠들고
아침을 눈물로 시작하는
어느 미련한 사람에게
충분한 시간과 기억은
저주이자 지옥이었다

만약 신이 있다면
저보다
가치 있는 사람에게
저의 시간을 나눠주세요

제 심장과 눈과
모든 것들을
저는 감당치
못 하겠습니다

눈을 감자
다시 아침이었다

12. 울기

헤르만 헤세 〈싯다르타〉에서 인상적이었던 부분은 마지막 결말이
아니라, 주인공이 왕의 후계자 자리를 포기하는 앞부분이었다.
물질적인 행복을 포기하고 고행길을 떠나는 주인공의 모습은 너무나
비현실적이었다. 21세기로 치면 싯다르타는 경영권이 보장된 기업
총수의 맏아들에 가까웠다. 부와 권력, 모두 가질 수 있는 자리를
포기하고 홀로된 삶을 추구한다.

우리가 불교에 대해서 대단하다고 생각하는 지점은 가지고 있는
것을 포기하기 때문일 것이다. 그러나 대부분의 사람들은 쥐고 있는
것을 포기하지 못하고 스스로의 욕심이 너무 과할 때 불교를 찾는다.
나도 비슷했다. 정신적으로 불교의 사상이 좋다고 생각하면서
실천하지 못했다. 무소유를 한다고? 108번뇌를 벗어난다고? 내가?

내가 포기하지 못하는 것은 성공했던 나였다. 인생이 잘 풀리던
시절의 나를, 사람들이 칭찬하던 삶을 살아가고 있던 나를 포기하지
못했다. 나의 행복은 상대적인 높이에서 찾아왔다. 육상 서울시 대표,
다른 사람보다 빨랐던 출판, 외모, 장학금 등등. 나는 외적인 요소에서
내가 올바로 살아가고 있는지에 대해서 판단했다. 그러다 그 외적인
요소들이 모두 망가지자 내가 너무 싫어졌다. 사람들이 박수를 치던
곳에서 인생을 끝내고 싶었다.

방구석에서의 삶은 무언가 더 하고 싶어도 달라질 수 없었다. 아침에
일어나 컴퓨터를 켜고 인터넷 방송을 봤다. 참을 수 있을 만큼 식욕을
억누르고 참고 참다가 한 끼를 먹었다. 머리가 먹먹하고 접속불량이

된 기계 같다는 생각이 들었다. 그러다 툭, 눈물이 흘렀다. 현실의 나 자신에 대해 화가 나고 억울했다. 박수 받던 길에서 벗어난 불안감과 창피함 열등감 등의 감정들이 나를 억눌렀다.

사람과 이야기하고 싶었으면서 사람과 이야기하지 못했다. 반듯하고 긍정적이며 열심히 사는 내가 아닌 모습을 누군가에게 보이고 싶지 않았다. 아무에게도 말하지 않으면 나의 고통들은 아무에게도 전달되지 않았다.

원래 나는 홀로 있는 삶을 좋아했었다. 법정 스님의 〈홀로 사는 즐거움〉을 자주 읽었고 혼자 있어도 슬프거나 외롭지 않았다. 하지만 내 주체적인 삶들을 망치고 홀로 있게 되어버린 상황은 아무리 노력해도 긍정할 수 없었다. 법정 스님의 말처럼 '진달래는 진달래답게 피면되고, 민들레는 민들레답게 피면된다.'라고 생각하면서 정작 나는, 나의 꽃을 망가트리고 있었다. 대학교를 졸업하고 방구석에 갇혀 있는 나를 어떻게 긍정할 수 있단 말인가?

그때의 나는 아직 남들보다 못난 나를 받아들일 준비가 되지 않았다. 남들처럼 살아가는 인생이 아닌 삶을 받아들이지도 못했다. 타인의 의견은 중요하지 않다고 생각하면서도 삶의 기준이 '남들'에 맞춰져 있던 시간이었다. 지나고 생각해 보면 결국 지나갈 시간이었다. 하지만 지나보지 못해서 내가 할 수 있는 일이라고는 때때로 울고 다시 우는 것밖에 없었다.

Step 13

반복

아침에 일어나
컴퓨터를 켜고
멍하니 네이버 뉴스를
실시간 검색어를

인터넷 방송을
유튜브를
보고 또 보고
아 질린다
할 때쯤 다시
잠들었다

안타깝게도
다시
새로운 아침이었다

13. 반복

　사진은 있는데 기억이 나지 않는 상황이 있었다. 사진 속에는 유치원생쯤으로 보이는 내가 초등학생인 형과 누나와 같이 어색하게 포즈를 취하고 있었다. 어머니의 설명으로는 꽃놀이를 갔을 때라고 했다. 동네 구석구석을 빨빨거리며 엄청 돌아다녔던 기억은 나는데 형과 누나와 같이 놀았던 기억은 나지 않았다. 다섯 살 차이가 나는 형과 두 살 차이가 나는 누나는 그때의 순간을 어렴풋이 기억하고 있었다. 내가 기억하지 못하는 순간들 속에서 나는 행복했을까?

　반복되는 일상 속에서 분명 행복했던 순간들이 있었다. 형과 누나가 있어서 외롭지 않았고 언제나 내 편인 어머니가 있다는 것도 열심히 일하는 아버지가 존재하는 것만으로도 감사한 순간들이 많았다. 하지만 마치 어릴 적 잃어버린 기억처럼 나는 당연한 사실을 기억하지 않으려는 사람처럼 되어버렸다.

　일상의 반복은 제일 중요한 것들을 잃어버리게 만들었다.

　노력하지 않아도 살 수 있는 나는, 살아있는 나에 대한 감사함도 잃어버렸다. 지금의 고통이 영원히 반복될 것만 같았다. 미래에 대한 가능성과 행복은 전혀 생각하지 않게 되었다. 누군가 나에게 조언을 한다면 대략 이러한 말들을 할 수 있었을 것이다.

　과거에 대한 생각을 하지 말고
　부정적인 생각을 하는 대신

긍정적인 생각을 하고

다시 시작하는 마음으로 열심히 살아 보세요

존재하는 것만으로도 당신은 충분히 멋진 사람입니다

　나의 세계에 갇힌 나는 다른 생각도 다른 조언도 들을 생각을 하지 않았다. 스스로를 포기하는 감정을 반복하고 다시 반복했다. 다른 사람을 모두 밀어낸 나에게 악순환을 끊어줄 사람도 없었다.

　일상이 반복되면서 내가 잃어버린 게 뭐였을까?

　인생에서 제일 중요한 게 뭐였지?

Step 14

적응

방구석 생활이
6개월이 넘으니

퍽 괜찮았다
머리를 뜨겁게 달구던 분노도
타들어가던 심장의 고통도
기억이 나지 않았다

하루 종일 말을 하지 않고
하늘을 보지 않아도
홀로 밥을 먹어도
살아갈 수 있었다

그 당시엔
그게 최선이었다

14. 적응

시간이 지나도 잃어버릴 수 없는 기억이 있었다. 그냥 놓아버리면 편할 것 같았는데 미련하게도 놓을 수 없었다. 생각할수록 화가 났고 감정을 주체할 수 없었다. 인간이 감정적 소비를 하는 이유는 사실은 이성적이지 않기 때문일 것이다.

방구석에 들어올 수밖에 없었던 결정적인 이유는 허리 통증 때문이었다. 합격한 대학원을 포기하고 경찰 공무원 시험을 준비하고 있었다. 공익적인 측면을 중요시 여기고 육상을 했던 경험이 있던 나에게 경찰 공무원은 꼭 맞는 직업처럼 보였다. 그러다 면접에 도움이 될까 싶어 해외봉사활동을 신청해서 합격하게 되었고 스리랑카로 가게 되었다. 2주일의 해외봉사활동 도중 나는 허리를 다쳤다. 벽돌을 옮겨서 학교 터를 잡는 상황에서 평소보다 너무 무리를 해서였다. 처음엔 꾀병을 부리는 것만 같아서 참았지만 시간이 지날수록 통증이 심해졌다.

하루는 말할 수 없이 아프다가 다음 날은 전혀 아프지 않았다. 그러다 다시 통증이 심해지자 미칠 것만 같았다. 감정적으로 이미 힘들어하던 시기에 허리 통증까지 느껴지자 삶에 대한 의지가 바닥으로 주저앉았다. 겨우겨우 한국에 돌아와서 가까운 정형외과에 들렀는데 받을 수 있는 건 근육이완제와 소염진통제 밖에 없었다. 다음 날 다시 들린 병원에서는 똑같은 말만 했다. 일단은 약부터 먹자는 이야기였다. 30분만 앉아있어도 통증이 느껴졌던 나는 다음 날 고려대학교 응급실에 들러 진료를 받았다.

"지금 당장 큰 이상은 없어요. 현대 의학으로 허리 통증을 정확히 잡을 수는 없어요. 일단은 약을 먹으면서 기다려야 합니다."

내가 할 수 있는 건 다시 집으로 돌아가는 것이었다.

약을 먹고 물리치료를 받아도 똑같이 통증이 느껴지자 한의원을 가게 되었다. 여기저기 유명하다는 곳을 들르다 보니 치료비가 조금씩 쌓이고 있었다. 나는 해외봉사활동을 진행했던 단체에 연락을 해서 치료비 이야기를 했다. 지금까지 나온 돈은 대략 30만 원쯤이었다. 당연히 치료비를 받을 수 있을 거라고 생각했던 내가 듣게 된 말은 A가 아니라 B에게 연락하라는 것이었다. B에게 연락을 하니 C에게 말을 하라고 했고 다시 C에게 연락을 하니 A에게 말을 하라고 했다. 서로가 책임을 넘기고 있었다. 봉사활동을 하다가 다쳤던 나는 이루 말할 수 없는 배신감을 느꼈다. 시간이 지나도 해결이 되지 않다가 A에게 연락이 왔다. 봉사활동이 끝나고 수료증을 받는 곳에서 잠시 이야기해 보자는 것이었다.

스리랑카 봉사활동을 진행했던 A는 의자에 앉아서 나를 기다리고 있었다. 이런저런 이야기를 했는데, 결국엔 치료비를 줄 수 없다는 말을 듣게 되었다.

"다른 문제 만들지 말고 수료증을 받고 문제를 해결했으면 좋겠다."

담담한 그의 말에 나는 목 끝까지 화가 치솟았다.

"아니, 그래도 치료비 정도는……."

"목소리 낮춰."

나에게 더 이상의 발언권은 없었다. 결국 애초부터 치료비는 받을 수 없는 것이었다. 수료식이 진행되던 공간에서는 많은 사람들의 박수소리가 들렸다. 정신이 나간 것처럼 멍하니 있다가 집으로 돌아갔다. 눈에서 쉴 새 없이 눈물이 흐르고 있었다.

너무나 비참했던 것은 그 순간에 나는 목소리를 낮췄다는 것이었다. 화라도 한 번 냈으면 달랐을까. 방구석에 갇혀 있는 동안 내 기억의 회로는 같은 장면을 반복했다. 축하 박수를 받는 수많은 사람들 속에서 홀로 눈물을 흘리고 있는 내가 등장하는 씬(Scene)이었다.

큰돈은 아니었지만 치료비가 받고 싶었다. 주변에 있던 가장 똑똑한 사람들에게 부탁을 하고 이런저런 방법을 알아보았지만 답이 없었다. 허리 통증은 입증하기 어려웠고 소송을 거는 것은 어리석은 일이었다. 서울대 법대와 하버드 법대를 졸업한 NPO 대표님은 간접적으로 포기하라는 말을 했다. 아주 냉정하고 현실적인 조언이었다. 몇 개월을 그렇게 해결할 수 없는 문제를 붙잡고 있다가 결국 포기했다.

경찰 공무원 학원을 취소하고 건설 현장에 갔다. 명목상의 이유는 안전감시단 일을 하면서 돈을 벌고 저녁에는 출판 계약이 되어 있는 글을 쓰기 위해서였다. 하지만 진짜 이유는 그런 그럴싸하고 멋진 것이 아니었다. 나는 그냥 죽고 싶었다. 예측할 수 없는 사고가 나서 삶이 끝났으면 좋겠다고 생각했다. 그러면 최소한 가족에게 1억 원 정도의 위로금이 전달될 것이었다. 하루하루 허리 통증을 참으며 한 달이 지났다. 용기가 없던 나는 죽지도 못했다. 글도 쓰지 못했고 아무것도 하지 못한 채 집으로 돌아왔다.

6개월이 넘는 동안 방구석에 갇혀 있으니 마음속의 분노가 많이 가라앉았다. 반복되는 시간 동안 지난날에 대한 반성을 했다. 홀로 죽기 위해 사람들을 밀어내고 있던 내 말과 행동은 용서받을 수 없는 죄였다.

방구석 생활도 점점 적응되고 있었다. 시간이 해결하지 못하는 것은 없었다.

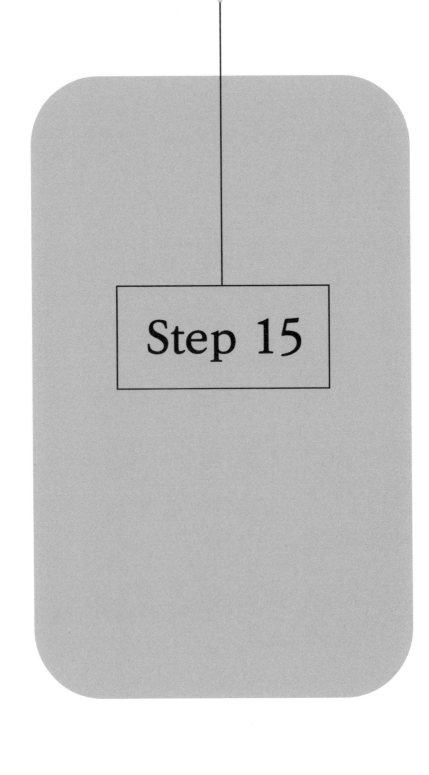

Step 15

행복

방구석
삶이 좋아졌다

잘난 친구들 생각도
부모님에 대한 죄송함도
느껴지지 않았다

나는 아주 이기적이라
살아있는 나에게만
집중했다

생각을 하지 않으니
행복했다
진심으로

15. 행복

불행은 눈으로 볼 수 있는데 행복은 눈으로 볼 수 없었다. 불교 탱화를 보면 다양한 지옥에 대해서 자세하게 묘사하고 있었다. 불교에 등장하는 지옥의 종류만 해도 100가지가 넘었다. 죄인들이 서로 칼로 찌르는 것을 무한히 반복하는 등활지옥, 산의 사이에 끼워 넣어 죽이는 중합지옥, 끓는 가마 속에 집어넣는 규환지옥 등등 다양한 이미지들이 불행이 어떠한지 보여주려 하고 있었다. 하지만 어느 종교를 찾아봐도 행복한 이미지의 그림은 찾아보기 쉽지 않았다. 천국은 어떻게 생겼지? 극락에선 뭘 하는 걸까?

내 인생에서 행복의 모양이 가장 근접하게 보였던 시절은 대학생이었다. 중고등학교 시절까지 사람과 가까워지지 못하다가 대학생이 되어서야 마음이 맞는 친구들을 찾게 되었다. 담배를 태우지 않고 술을 하지 않는 아이들이었다.

수업을 듣고 도서관을 갔다가 마치 정해진 일과처럼 친구들이 있는 자취방으로 갔다. 원룸의 자취방에는 세 명의 동기들이 같이 살았다. 거기에 추가로 세 명에서, 많게는 다섯 명의 아이들이 모이기도 했다. 술도 먹지 않는 남자들끼리 하는 행위는 비슷했다. 이것저것 쓸데없는 이야기를 하다가 야식을 시키고, 야식을 먹는 동안은 조용히 먹기만 했다. 그리고 야식을 다 먹은 후에는 다시 이런저런 주제로 대화를 했다. 혹은 PC방을 갈 때도 있었고 노래방을 갈 때도 있었다.

나는 그중에서도 이야기하는 걸 좋아했다. 바닥에 누워서 새벽 4시까지 이야기하다가 까무룩 잠들고 일어나서 수업을 들었다. 도서관에서 과제를 끝내고 내가 가는 곳은 다시 친구들의 자취방이었다. 그곳에서 청춘에 대해서 이야기하고, 여자 이야기, 미래 이야기, 글쓰기에 대한 이야기를 했다. 학년이 올라가고 군대를 다녀오고, 우리는 더욱 친해졌다. 냄새나는 복학생이 되어서도 똑같이 자취방이 있었다. 신입생들과 친해지는 것은 어려웠고 더 친해진 동기들과 낄낄거리며 노는 것은 쉬웠다.

옆 대학교 축제에 놀러 가서도 여자 구경은 못하고 같이 한 테이블에 둘러앉아 오뎅탕과 제육볶음을 먹었다. 연애를 한 번도 하지 못한 불쌍한 동기와, 항상 새로운 여자를 좋아하는 동기와, 연애를 굉장히 잘하는 척을 하지만 여자친구가 없는 나. 아무튼 여자에 대해서는 잘 모르는 글을 좋아하는 순수한 아이들이었다.

장학금을 받아야 하는 압박감에 달달달 암기를 하며 공부를 하다가도 잠깐이라도 동기들과 이야기를 하면 기분이 편안해지고 즐거웠다. 가족 누구와도 진지한 이야기를 하지 않았지만 친구들에겐 할 수 있었다. 그렇게 시간이 흘러 이제 즐거웠던 추억과 작별해야 하는 나이가 되었다. 다른 동기들은 학교를 좀 더 다닐 예정이었고 나는 조기졸업을 해야 하는 상황이었다.

시간이 흐르고 나는 허리를 다친 채 방구석에서 시간을 버텨야 했다. 방구석에 갇혀 있는 나에게 행복한 일은 없었다. 내가 할 수 있는 일이라곤 지나간 과거 중에 행복했던 기억들을 아주 잠시 생각하는 것이었다. 친구들과 맛있는 음식을 먹었을 때, 여행을 갔던 일,

새벽까지 정신없이 수다를 떨며 배가 아플 때까지 웃었던 일 등등.

이미 모든 친구들과 멀어진 나에겐 다시 일어날 수 없는 일이었다.

　행복한 순간을 추억만 하는 나는, 행복한 걸까 불행한 걸까.

　홀로의 시간 동안 아무리 생각해도 알 수 없었다.

Step 16

게임 보기

방구석 시간이 길어지니
게임이 하고 싶어졌다
오래된 컴퓨터를 뒤적였다
지뢰 찾기와 카드게임을
훑어보다가 관뒀다

인터넷 방송을 보며
대리만족을 했다
채팅을 치지 않아도
수천 명의 사람들과 함께하는
느낌이었다

내가 살아갈 수 있는
작은 언덕은
그런 것 밖에
없었다

16. 게임 보기

초등학교 저학년쯤 집에 컴퓨터가 생겼다. 어릴 적 장난감이라는 게 거의 없이 자랐던 나에게 컴퓨터는 정말 신기한 신문물이었다. 다섯 명의 가족이 지내는 우리 집에서 컴퓨터를 독차지한 것은 당시 중학생이었던 친형이었다. 다섯 살 차이가 나는 형은 이런저런 오락실 게임을 깔아서 나에게 신문물을 소개해 주었다. 윈도우98로 시작되는 게임들은 많지 않았지만 구경하는 것만으로도 재미있었다.

학교가 끝나고 집으로 돌아오면 아이들과 놀거나 게임을 했다. 혹은 형이 먼저 게임을 하고 있을 때 게임 구경을 하는 것이 나의 일과였다. 팔이 분리되어 공격하는 〈레이맨〉이나 아직은 단순한 그래픽이었던 〈페르시안의 왕자〉를 열심히 플레이하던 형의 모습이 아직도 생생하게 기억되었다. 어릴 적 나에게 게임을 잘하던 형은 뭔가 대단한 사람처럼 보이기도 했다. 게임을 구경하면서 내가 할 수 있는 것은 없었지만 특별히 말을 하지 않아도 같이 시간을 보내는 것만 같아서 좋았다.

나이가 들면서 나는 마치 게임을 구경하는 것처럼 사람과 거리를 두고 멀리서 지켜보는 느낌으로 살았던 거 같다. 가까이서 게임을 플레이하면 화가 날 수도 있지만 멀리 떨어져 있는 나에겐 특별히 감정적 변화가 일어나지 않았다.

하루 종일 말을 안 하는 내가 사람의 말을 들을 수 있는 공간은 인터넷이었다. 인터넷 방송을 보면 타인의 일상 이야기나 게임을 하는 플레이를 엿볼 수 있었다. 현재를 살아가는 사람들은 나쁜 일이나 좋은 일을 열심히 떠들었다. 그 방향이 좋든 나쁘든 나는 그들이 부러웠다. 나에겐 말을 할 수 있는 친구가 없었다. 내가 할 수 있는 것이라곤 구경하는 것밖에 없었다.

나를 상처 줄 수 있는 사람은 가까운 사람이라고 생각하며 사람과 거리를 뒀다. 가까웠던 사람마저 모두 미뤄내고 나니, 타인이 나를 상처 주지 않았지만 반대로 내가 나를 상처 주고 있었다. 누구에게도 상처받지 않는다는 건 말도 안 되는 판타지였다.

우리의 삶은 북적북적 시끄럽고 정신없는 도떼기시장 안에 있었다. 내가 타인에게 다가가지 않으면 내 슬픔은 내 안에만 머무를 수밖에 없었다. 구경하는 삶은 진짜가 아니었다. 밖으로 나가야 한다는 생각이 들었다. 허리가 아파도, 마음이 아파도, 그 방향성이 어떻게 흐르든 인생은 방구석이 아니라 방 밖에 있다고 생각했다. 하지만 생각과 달리 내 몸은 움직이지 않았고 나의 시간은 방 안에 갇혀 있었다.

남들의 인생이 아니라 내 인생을 살아야 할 시간이었다. 남들의 인생 구경을 하면서 시간을 낭비하지 말고, 부러워하며 고통 받지말고 밖으로 나가야 했다. 아쉽게도 나는 게임 속 주인공이 아니라 특별한 능력은 없었다. 위기를 극복하지 못하고 잠들었다. 다음 날 아침이면, 다시 타인의 인생을 구경했다.

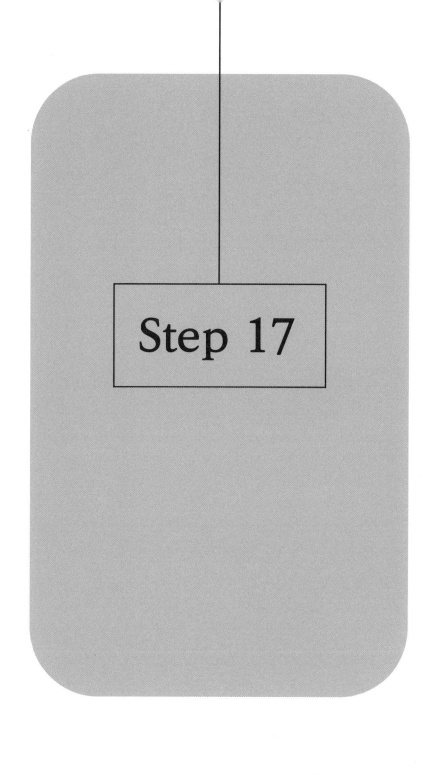

Step 17

싫어하기

공중파 예능이
끔찍하게 싫어졌다

잘 먹고 잘 사는 사람들이
서로 웃고 떠드는 이야기들이
참을 수 없을 만큼 눈꼴사나웠다

맥락과 이유 없이
악플이 달고 싶었다가
참았다

뭐가 저렇게 즐거울까?
어떻게 저리 행복할까?

17. 싫어하기

 긍정적으로 살아가는 사람이 좋았고 긍정적으로 살고 싶었다. 이제껏 읽었던 책들 중에 '부정적으로 살아라.'라고 말하는 메시지는 단 한 번도 본 적이 없었다. 하지만 정작 나 자신의 상황이 긍정할 수 없으니 내가 할 수 있는 감정적 반응은 오직 부정이었다. 내가 방구석으로 들어온 모든 상황에 대한 원망이 가슴 안에서 걷잡을 수 없이 커졌다.

 왜 창업은 실패했던 걸까? 대학원은 왜 안 갔고? 책은 왜 못 썼는데? 경찰 공무원 공부는? 허리는 왜 다친 건데? 친구들과 가족들하고는 도대체 왜 싸운 거야? 끊임없이 과거를 반복하면서 부정적인 감정을 키워갔다.

 나 스스로의 상황에 대한 분노가 너무 커지자 남들이 웃고 있는 상황을 보는 게 힘들었다. 예능프로그램을 보는데 말할 수 없이 분노가 치솟았다. 힘든 사람들에 대한 이야기는 없이 언제나 웃고 있는 모습을 보여주는 게 너무 싫었다.

 OECD 국가 중에 자살률 1위인 대한민국에서 왜 힘든 사람들에 대한 프로그램은 없는 건지도 의문이었다. 40분에 한 명씩 죽어, 한편에서는 자살공화국이라고까지 말하고 있는 현 상황에서 공중파 방송은 언제나 즐거운 내용만 다루고 있었다. 평생에 댓글 한 번 달지 않던 내가 인터넷 기사를 보며 악플을 달고 싶다는 생각이 들었다. 밑도 끝도 없이 누군가를 미워하고 화를 내고 싶었다.

 내 마음의 방향이 나를 있는 힘껏 미워하다가, 그것만으로도 해결이 되지 않으니 다른 사람에게 화를 쏟아내고 있었다. 나는 악플을 달고 싶어 하는 마음을 최대한 억누르며 과거를 생각하지 않으려고 노력했다. 지나간 시간을 붙잡고 고통을 반복하는 것은 상식적으로 생각해도 정말 미련한 방법이었다.

겨우겨우 마음을 진정시키고 잠들었다가 문득 또다시 부정적인 감정을 반복하고 있었다. 마치 마약에 중독된 사람처럼 마음을 상처 내는 기억들을 끊임없이 반복하고 있었다. 그때의 나는 스스로를 세계에서 가장 억울한 선량한 피해자라고 생각하고 나에게 일어난 일이 있을 수 없는 엄청난 부당한 일이라고 정의 내렸다. 만약 다른 사람이 대학교를 졸업하고 허리를 다쳐서 방구석에서 시간을 보내고 있었다면 나는 '불쌍한 사람이네.'라고 생각하고 그냥 흘려보내고 말았을 테지만 내 인생이 그 피해자 입장에 들어가자 도저히 객관적으로 사건을 바라볼 수 없었다. 소설 속 에피소드였다면 길게 쓸 수도 없는 그저 그런 위성 사건일 것이었다.

생각해 보면 나는 살아가기 위해서 부정적인 감정을 품고 있었다. 치료비도 주지 않은 단체에 대해서, 나를 받아들이지 않는 사회에 대해서 복수하고 싶었다. 부당한 모든 것들에 대해 화를 내면서 내 말을 들어주지 않는 사람들을 모두 미워했다. 그 감정만 포기하면 되는 것을, 마치 그 감정이 보물인 것처럼 꼭 끌어안고 놓아주지 않았다.

모든 사람들을 밀어내고 어떠한 노력도 하지 않는 나에게 내 상황을 마주 보게 하는 사람은 없었다. 만약 내가 누군가에게 도움을 요청했다면, 혹은 스스로 마음의 방향을 바꾸기 위해 노력했다면,

하루하루 온전히 숨을 쉬었을지도 몰랐다.

　내 삶의 선택권은 결국 나에게 있었다. 바꾸려고 하지 않는 나에게 어떠한 변화도 없었다. 빛나는 지식들이 세상에 흩뿌려져 있어도 눈과 귀를 닫으면 어떠한 것도 닿을 수 없었다. 방구석에서 눈을 뜨고 정신없이 컴퓨터를 보다가 다시 눈을 감았다. 고통스러운 하루가 영원히 반복되는 것만 같았다.

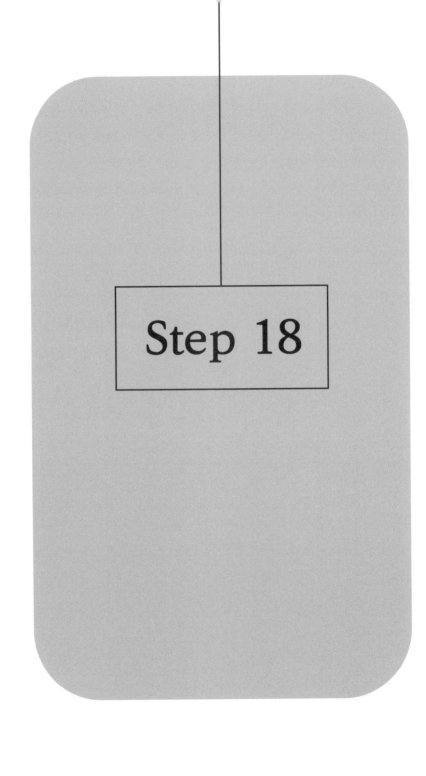

Step 18

재밌는 방송

인터넷 방송이 뭐야?
왜 인터넷 방송을 봐?

과거의 나는 선입견이
많았고 거만했다
나 스스로 제일 잘난 줄 알았고
이리저리 거만하게 다니다 보니
덜컥,
건물 꼭대기였다
혹은 한강 다리였고
언제든 죽을 수 있는 바다였다

모든 인생이 무너지고
방구석에 나를
가뒀다

아무것도 보고 싶지 않고
듣고 싶지 않던 내가
유일하게 할 수 있는 건
인터넷 방송을 틀어놓는 것이었다

시끄러운 소음에 나를 묻고
시간을 끼워 넣었다

안녕하세요, 여러분?
하나둘셋 하나둘셋

18. 재밌는 방송

   도저히 할 수 있는 게 없어서 유일하게 하고 있던 행동이 인터넷 방송을 보는 것이었다. 낄낄거리며 보기도 하고 때때로 울기도 했다. 미치광이처럼 시간을 보내면서도 딱히 인터넷 방송에 대해서 긍정적으로는 생각하지 않았던 거 같다. 그러던 어느 날, 익명의 누군가가 후원을 하면서 남긴 메시지가 나에게 작은 울림을 줬다.

   힘들었던 시간에 방송을 해줘서 고맙다는 이야기였다. 사업을 하다가 실패해서 빚이 생겼고 재기 불가능할 것만 같던 순간에 인터넷 방송을 봤다고 했다. 그렇게 시간이 흘러 그는 다시 일상으로 돌아갔고 이제는 돈을 벌고 있다고 했다. 일상으로 돌아와서 고마운 마음을 전하기 위해 왔다고 했다. 앞으로는 바빠서 많이 방송을 볼 수는 없지만 계속 방송을 해줬으면 한다고 글을 남겼다.

   채팅창에는 새로운 삶을 시작하는 그를 응원하는 또 다른 익명의 댓글들이 올라왔다. 수많은 사람들이 막힘없이 자신들의 고통을 이야기했다. 힘든 시간에 있다고 채팅을 치면서 언젠가 자신도 그렇게 괜찮은 삶이 돌아올 때까지 버티길 소망한다고 말했다.

   자극적인 인터넷 방송도 있었지만 내가 보는 방송은 주로 게임이나 일상 이야기를 하는 곳이었다. 밖으로 나가 사람들을 만나는 것을 어려워하는 사람들이, 익명의 힘을 빌려 그렇게 소통하고 있었다. 그렇게라도 시간을 보내면서 힘든 하루를 버티고 있었다. 말라버린 심장으로 하루하루를 보내던 나는 왠지 모르게 심장이 찌르르 울리는 느낌이었다. 나의 미래도 바뀔 수 있을까?

과거의 나는 삶의 방향성을 정하고 살았다. 목표한 삶을 살아야 한다고 생각했고 멋지고 존경받는 삶을 살고 싶었다. 내가 꿈꿨던 인생 중에 허리를 다치고 방구석에 이렇게 오래도록 있는 시간은 포함되어 있지 않았다. 그런데 시간이 점점 지나자 이렇게 시간을 보내는 것도, 나쁘지 않다는 생각이 아주 잠깐 들었다. 대부분의 시간이 무가치하게 느껴졌지만 그래도 죽지 않을 수 있었다. 내가 극단적인 선택을 하지 않을 수 있었던 것은 볼 수 있는 무언가가 있어서였다. 밖으로 나가지 않아도 사람의 목소리를 들을 수 있는 창문이 컴퓨터 안에 있었기 때문이었다.

하루 종일 마음 놓일 일이 없이 시간을 보내다가 컴퓨터 전원을 켜면 수많은 사람들이 개인 방송을 하고 있었다. 방송을 보는 시청자는 10대에서부터 50대까지 다양했다. 사실 나이는 잘 몰랐다. 그러나 나이나 이름을 밝히지 않고도 사람들은 서로 방송에 대해 채팅을 치면서 방송에 참여했다. 컴퓨터 안에 놀이터가 있었고 가상의 친구도 있었다.

과거에 싫어하던 음식을 좋아하게 될 수도 있듯, 과거에 싫어하던 무언가도 좋아할 수 있었다. 나는 내 시간의 많은 부분을 차지하는 개인 방송이 점점 마음에 들었다. 좋아하지 않을 수 없었다. 나에게 세상을 간접적으로라도 볼 수 있는 곳은 그곳뿐이었으니까.

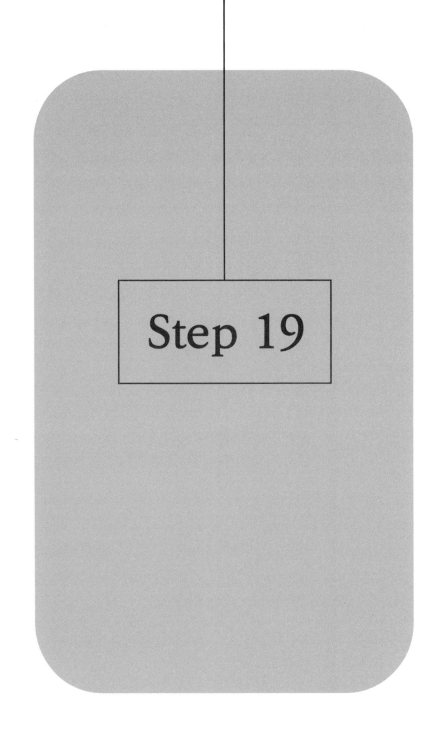

Step 19

유튜브

많은 사람들이
유튜브는 허황된 꿈이라고
이야기할 때였다

방구석에서
인터넷으로 세상을
구경했다

솔직한 마음으로
부러웠다

아무것도 하지 못하는 나는
아무것도 되지 못한 나는

19. 유튜브

인터넷 방송과 더불어 내가 제일 많은 시간을 함께한 것은 유튜브였다. 방구석 삶 속에서 세상과 연결시켜주는 또 다른 고리였던 그곳에서 나는 여러 가지를 간접 체험할 수 있었다. 애완동물을 한 번도 길러보지 못한 내가 강아지나 새끼 고양이가 나이를 먹어가는 것을 함께할 수 있었고 먹이를 먹는 것도 구경할 수 있었다. 동물 중에선 강아지와 고양이가 제일 인기가 많았는데 가끔은 다람쥐나 고슴도치를 구경하며 시간을 보내기도 했다.

작은 방 안에서 나는 여행을 갈 수도 있었다. 유명한 사람들이 아니어도, 많은 사람들이 동남아나 유럽 여행 브이로그를 올렸다. 나는 그들의 삶을 구경하며 잠시나마 공간적 제한을 넘어섰다. 시간이 멈춘 듯한 공간에서 내가 숨을 쉴 수 있는 건 누군가의 행동이나 말들을 구경하는 그 순간들이 있었기 때문이었다.

사람들이 많이 모여 있는 채널보단 비교적 적은 채널을 구독해서 시간을 보냈다. 상대적으로 적은 관심을 받고 있는 사람들의 공간이었지만 그것만으로도 충분했다. 100만 명이 넘게 구독한 채널들의 공통점은 스스로의 성공과 부를 꺼림 없이 드러낸다는 것이었다. 타인의 사랑으로 성공할 수 있다는 것은 정말 대단한 일이라고 생각하면서도 왠지 모를 거부감이 드는 것은 어쩔 수 없었다. 그것은 아마도 성공하지 못한 내 삶에 대한 부끄러움과 질투 때문일 것이라고 생각한다. 혹은 그냥 싫었는지도 몰랐다. 공중파 방송을 보지 못하는 것처럼 성공한 사람들의 공간에서 같이 있는 것만으로도 불편하게 느껴졌다.

유튜버들은 구독과 좋아요를 위해 열심히 무언가를 생산해냈다. 새로운 옷, 구두, 아이템, 차, 일상, 약간은 인위적인 사건들까지. 때때로 너무 과하다는 생각이 들기도 했지만 나는 그마저도 부럽다고 생각했다. 무언가를 과시하는 것은 분명 좋은 것이 아니지만 타인과 소통하기 위해선 기본적으로 나를 꺼내야 했다. 내 삶을 이야기하고 타인의 삶이 어떤지, 서로 이야기하면서 시간을 보내야 했다. 유튜브 안에는 그런 사람들의 용기와 의지가 디지털 0과 1의 숫자로 치환되어 기록되어 있었다.

이름은 기억에 남지 않지만 암 투병 중인 유튜버의 영상을 본 적이 있었다. 매일매일 고통스러울 텐데 그의 주된 이야기들은 아픔과 고통이 아니라 희망과 긍정이었다. 남들에게 이야기를 꺼내기 위해 억지로 만들어진 밝은 표정을 짓는 것이 보였지만 아무튼 그에게서 나오는 메시지들은 밝았다. 많지 않은 사람들이 영상을 보고 있었고 댓글도 적었다. 많은 사람들에게 관심받지 못했지만 어찌됐든 그는 세상으로 자신을 꺼내고 있었다. 나는 그 모습이 무척, 멋지다고 생각했다.

Step 20

책 읽기

멍하니 누워
빼곡히 진열된
책들을 쳐다봤다

파울로 코엘료, 연금술사
생텍쥐페리, 어린왕자
주제 사라마구, 눈 먼 자들의 도시
피천득, 인연

내가 좋아하던 책들이
보였다

한때는 황금처럼 빛나던
책들이
눈에 들어오지 않았다

어떠한 글도 책도
읽고 싶지 않았다

20. 책 읽기

초등학교 때까지만 해도 나는 책이라는 걸 엄청나게 싫어했다. 육상을 하면서 공부와는 담쌓고 살았던 인생이었던지라 내가 따로 시간을 만들어서 책을 읽을 필요는 없었다. 그러다가 친구가 판타지 소설이라는 게 재밌다고 권하면서 한 권씩 읽다가 일 년에 100권도 넘는 책을 읽게 되었다. 활자를 읽는 습관이 생겨서 소설이 아닌 책들도 어렵지 않게 읽을 수 있게 되었다. 이제껏 몰랐던 재미를 알아가는 과정이 얼마나 즐거웠던지, 버스를 타거나 걸어 다니면서도 책을 읽었다.

언젠가는 같은 중학교를 다녔던 친구 여동생이 복도에서 책을 읽고 있는 나를 본 적이 있다고 했다. 오랫동안 앉아서 책을 보다가 허리가 아파서 일어서서 보고 있던 것이었는데 그 아이의 눈에는 책 읽는 것을 뽐내는 것처럼 보였다고 했다. 어찌 됐든 나는 시간과 장소를 가리지 않고 열심히 책을 읽었다.

이야기의 등장인물들이 좌절과 성공을 겪는 과정들이 너무나 즐거웠다. 학생이라는 나의 현실은 언제나 지루했지만 이야기 속의 주인공들은 다양한 경험을 하면서 신비로운 인생을 살았다. 가끔 우울한 이야기들도 있었지만 대부분의 끝은 해피엔딩이었다. 직업별 전문서적을 읽거나 철학책을 읽는 것도 일상의 삶을 풍부하게 해줬다. 나는 활자의 힘을 믿었다.

내가 어른으로서 살아가는 많은 순간들 속에서 책은 내 현명한 조언자의 역할을 해줬다. 그러나 내 삶이 바닥까지 주저앉아버리자 어떠한 단어들도 떠오르지 않았다. 방구석에 누워서 책장에 빼곡하게 정렬되어 있는 책들을 바라보면서 내 모습이 마치 저 책과 같다고 생각했다. 아무도 읽어주지 않는 책은 하루하루 먼지가 쌓여가며 부서지고 있었다.

만약 내 삶이 소설이나 영화였다면 긴 고난 끝에 화려하게 비상을 해야 할 것이다. 혹은 고난이 있다면 그 이후에 밝은 미래가 나왔을 것이다. 하지만 내 삶은 허구가 아니라 진짜였고 현재 내 상태는 변할 리가 없었다. 뻔한 클리셰가 등장하려면 새로운 등장인물이 나타나서 내 삶을 바꿔줘야 했다. 하지만 나 스스로가 변하지 않으려고 했던 그 순간 그 무엇도 나를 도와줄 수 없었다.

마음이 힘들 때 나를 위해 글을 쓴 적이 있었다. 또 다른 내가 나를 구하는 이야기였다. 하지만 방구석의 나는 그 어떤 노력도 할 수 없을 만큼 최악의 상황이었다. 대신, 나는 그때의 나를 경계하며 지금 글을 적고 있었다. 내 과거의 기억을 읽으면서 그때의 감정을 다시 느끼고 있었다. 아프고 힘들지만 최대한 외면하지 않고 다시 보려고 노력했다. 때때로 마음이 무너지고 힘들어질 때면 잘못된 실수를 반복하지 않기 위해서였다.

좌절의 순간에 책들이 눈에 들어오지 않는다는 것을 알면서도 나는 여전히 활자의 힘을 믿는다. 힘겹게 한 자 한 자 적은 단어와 문장들 속에 앞으로를 살아갈 희망이 담겨 있다고, 간절히 소망한다.

21. 받아들이기

열아홉 살에 처음 글쓰기를 배운 곳은 대학로에 있던 〈시문화회관〉이었다. 대입을 앞두고 실기를 준비해야 했던 나는 한 달에 100만 원 과정을 겁도 없이 덜컥 시작했다. 지하 1층으로 내려가야 하는 건물에는 똑같이 대학교 입학을 위해 글쓰기 공부를 하는 열 명 미만의 아이들이 수업을 듣고 있었다. 정갈한 도서관처럼 다양한 책들이 꽂혀 있는 공간에서 가장 눈에 들어오던 것은 열심히 수업을 듣던 남자 A였다. 나와 비슷한 키와 체격이었고 안경을 쓰고 시를 쓰는 모습이 제법 멋이 있었다. 급하게 글을 배우려 이곳에 온 나와 달리 오랫동안 시 쓰기를 배웠다고 했다. 내가 보기에도 글쓰기 실력이 나쁘지 않았다. 매일 혼이 나던 나와 달리 그의 시는 몇 번이나 칭찬을 받았다. 수능도 나보다 잘 봤고 예쁜 여자친구도 있었다. 겉으로 표현하지 않았지만 그의 삶이 빛이 나고 있다고 생각했다.

시간이 흘러 A는 대학에 갔고 나도 대학에 갔다. 서로 다른 대학교에 가면서 서서히 연락을 하지 않게 되었다. 간절하게 글을 배웠던 시간이 흐르고, 뜨겁던 열정도 점점 가라앉을 때쯤 문득 시문화회관이 생각나서 시를 쓰던 B에게 연락을 했다. 대학생활을 잘 하고 있는지, 요즘은 어떤지, 시는 잘 쓰고 있는지 등등 사소한 이야기를 하고 싶어서였다. 내가 예상했던 것은 "대학 생활 별거 없더라.", "요즘 재미없어."와 같은 것이었다. 그런데 문득,

"A의 추모식이 있어. 너도 올 수 있니?"

B는 담담하게 소식을 전했다. 나는 믿기지 않아 처음엔 제대로

이해하지 못했다. 공부도, 시도 잘 쓰던 그의 빛나던 모습들이 떠올랐다. 그 이후에 하얀 물속으로 퍼져나가는 먹물처럼 부정적인 것들이 갑자기 들이쳤다. 자세한 이야기는 들을 수 없었지만 자세하게 물을 수조차 없었다.

추모식 당일 시문화회관에 모여서 많은 사람들이 A의 죽음을 추모했다. 그동안 A가 써놓은 시들이 한 권의 시집으로 만들어져 있었다. 젊은 청춘을 담기엔 너무나 얇았다. 마음이 붕 떠서 사람들의 이야기가 잘 들리지 않다가, 추모곡을 듣는 순간 다시 현실로 돌아온 느낌이었다. 처음 보는 여성 한 분이 〈Over the Rainbow〉를 불렀다. 노래를 들으면서 나는 서서히 현재에 일어난 사건들에 대해서 받아들이게 되었다. 한 사람이 부재한 오늘은 어찌 됐든 앞으로 나아갈 수밖에 없었다.

방구석 삶이 길어지자 나는 서서히 내 현재에 대해서도 받아들이게 되었다. 대학교를 졸업하고 허리를 다친 채, 할 수 있는 모든 실패를 해놓고도 살아있는 나에 대해서 그냥 받아들이게 되었다. 믿기지 않지만 현실이었다. 내 현재를 부정하고 고통스러워 해봐야 큰 의미도 없었다.

분주히 하루를 시작하는 가족들과 달리 느지막이 일어나 멍하니 하얀 천장을 바라보고, 잘 수 있는 만큼 최대한 잠을 자고 있는 한심한 내가, 믿기지 않지만 나였다. 애초에 이러한 생각을 하고 있는 것 자체에서 과거의 내가 경멸하던 사람이 현재의 나였다.

나는 현재의 나를 미워하는 것을 그만두기로 했다. 더 멋있는 사람이 되지 못하고, 남들처럼 열심히 살아가고 있지 못하지만, 방구석에서의 나를 상처 주는 행위를 이제는 멈춰야 한다고 생각했다. 긍정할 수 없어도 미워하지 않을 수는 있는 법이었다. 생각을 하지 않고 오늘 하루 숨을 쉬고, 온전히 살아가는 것에 노력했다. 나의 삶을 받아들여야만 했다.

22. 용서하기

혼자만의 시간이 길어지자 나는 문제의 방향성을 바꿔보기로 했다. 나에게 있었던 사건들의 가해자를 상대방이 아니라 '나'라고 가정하는 것이었다. 그러자 피해의식 대신에 지나간 시간들에 대한 후회가 반복되었다. 지나치게 극단적이었던 행동들에 대한 반성이었다. 모든 문제가 그렇듯 사건은 쌍방향으로 일어났다. 내가 좀 더 현명하게 대처했다면 굳이 이렇게 극단적인 상황에 다다르지 않았을 것이고, 방구석에도 오지 않았을 것이다.

나를 가장 분노하게 했던 것 중 하나는 죽고 싶을 만큼 힘들었지만 어느 누구도 내 이야기를 들어주지 않는다는 것이었다. 가족과 친구들은 혼자서도 잘 지내던 내가 방황하는 것에 대해서 당황스러워했다. 내가 느끼는 그들의 반응은 불편함이었다. 낭떠러지로 떨어지고 있는 와중에도 나는 그게 몹시도 서운했다. 그래서 마지막이라고 생각하고 내가 했던 비열한 방법은 그들을 밀어내는 것이었다.

사건을 다시 되돌아본다면 사실 나의 오해에서 시작된 것이었다. 가족과 친구들은 그저 힘들어하는 나에게 어떻게 대해야 할지 몰라 제대로 반응하지 못할 뿐이었다. 어느 누구도 죽고 싶을 만큼 힘들어하는 친구에게 제대로 된 답변을 할 수 없을 것이다.

지나간 일들에 대한 용서를 구하고 다시 시작하고 싶었다. 하지만 방구석의 나는 용기가 없었고 행동하지 못했다. 똑같은 하루를 반복하면서 잘못된 선택들을 계속해서 생각했다. 나 스스로를 고통을 주면서 그대로 있었던 가장 큰 이유는 나를 용서할 수 없기 때문이었다. 항상 멋진 모습으로 살아간다고 생각했던 내가, 사실은 오히려 사람들에게 피해를 주고 있었던 것은 아닐까 생각하는 것만으로도 내가 너무 싫었다.

홀로 있는 시간 동안 나는 멋진 '나'에 대한 포기를 노력했다. 남들보다 무언가를 잘하고, 남들에게 칭찬받는 삶에 대한 환상은 근원적으로 나를 힘들게 하는 문제였다. 멋지고 잘나고 좋은 사람에 대한 희망을 내려놓고 현재의 상황을 받아들이려고 노력했다. 그제야 이러한 선택을 해버린 나에 대한 용서에 한 발짝 다가설 수 있었다.

만약 한 번밖에 없는 인생에 당신이 실수를 했다고 생각해 보자. 우리는 당연하게 이러한 선택지를 마주하게 된다.

1. 너무나 큰 실수이니 인생을 포기한다.
2. 실수를 외면하고 대충 산다.

3. 실수를 딛고 일어선다.

상식적으로 생각하면 모두가 3번을 선택할 것이다. 가상의 등장인물이라면 짧은 방황 끝에 다시 새로운 시작을 할 수 있을 것이다. 하지만 현실에서의 나는 그렇게 마음이 쉽게 움직이지 않았다.

나의 가장 큰 죄는 마음으로 누군가를 죽였다는 것이었다. 상대방을 미워해야만 하루하루에 대한 정당성을 보상받고 숨을 쉴 수 있었다. 내 현실의 비참함을 그렇게라도 하지 않으면 인정할 수 없었다.

이제 과거를 반복하면서 고통받는 것을 끝내야 했다.

나를 위해서 나의 삶을 용서할 때였다.

23. 휴식하기

내 인생에서 눈부시게 반짝이며 즐거웠던 여행은 21살 여름에 시작되었다. 2010년 6월 여름, 월드컵 열기에 많은 사람들이 TV 앞에 몰려들었을 때 남자 동기끼리 해운대 여행을 떠났다. 술도 거의 먹지 않는 동기들이 한 방에 우르르 몰려 낄낄거리며 떠드는 일은 정신없이 즐거웠다. 태종대와 해운대를 들리고 돼지국밥을 먹고 회를 먹었다. 단체 사진을 찍고 무더운 날씨 속에 이리저리 돌아다니는 일들이 나는 말로 표현할 수 없을 만큼 좋았다.

태종대를 구경하고 내려올 때는 뛰는 것에 자신 있던 내가 관광 기차를 타고 내려오는 것과 뛰어 내려가는 것으로 내기를 했다.

"관광 기차라 느리다니까?"

"아무리 그래도 기차가 빠르지."

"그럼 내기해. 피자 사주기, 어때?"

"진짜 한다고?"

대책 없이 긍정적이고 밝은 시절이었다. 친구들은 박장대소하며 반쯤 장난으로 생각했는데 나는 주저하지 않고 뛰어서 내려가기 시작했다. 지기 싫어하던 내가 땀을 뻘뻘 흘리면서도 결국 먼저 도착했다.

저녁에는 숙소로 돌아와 좀비 게임을 하다가 과자를 주워 먹으며 이런저런 이야기를 했다. 새벽에 마침 대한민국과 나이지리아의 월드컵 경기가 있어 응원을 하기도 했다. 부산 여기저기를 돌아다니는 것도 물론 즐거웠지만, 숙소에서 웃고 떠드는 시간들이 가장 즐거웠던 순간이었다.

방구석 시간이 길어지자, 나는 현재의 시간을 어릴 적 즐거웠던 휴가처럼 생각하기로 했다. 대책 없이 즐거웠던 청춘처럼 나는 지금 여행을 놀러 온 것이라고 가정했다. 애초에 밖을 돌아다니는 것보다 방에 있는 것을 좋아하던 나였다. 같이 이야기해 줄 사람은 없었지만 홀로 보내는 시간이 길어지자 이 생활도 썩 나쁘지 않았다.

사회생활을 시작한 친구들은 이제 슬슬 힘들어하고 있는 시점이었다. 일을 시작한 사람들은 쉬고 싶어도 쉴 수 없었다. 나갈 수 없어 억지로 시작한 방구석 여행은 대책 없이 길어지기 시작했다. 하지만 생각해 보면 내가 언제 이렇게 길게 쉴 수 있을지 가늠이 되지 않았다.

나는 아주 운이 좋게도 부모님의 집에서 시간을 보낼 수 있었다. 원하는 만큼 자다가 일어나 컴퓨터를 하고 다시 원하는 시간에 잘 수 있었다. 때때로 허리 통증이 느껴지는 것만 제외하면 나무랄 데 없는 휴식이었다.

하루의 24시간 중에 가장 마음이 편안한 시간은 새벽이었다. 모두가 잠든 야밤에 집을 나서서 편의점에 들렀다. 어둑한 길가에는 사람 한 명 다니지 않았다. 어쩌다 누군가 지나가도 서로 쳐다보지 않아서 좋았다. 가끔 지나가는 주인 없는 고양이나 강아지가 그나마 내가 만날 수 있는 생명체에 가까운 존재였다.

과자와 라면 혹은 햄버거 중에서 어떠한 것을 먹을지 선택하는 것이 그날 하루의 최대 행복이었다. 사람들이 줄을 서서 먹는 맛집은 아니었지만, 간편하게 먹을 수 있는 편의점 음식을 나는 정말 좋아했다. 오늘이 그렇게 무사히 지나갔다.

24. 행복격차

초등학교 때 내가 제일 좋아하던 친구의 집은 지하 단칸방이었다. 왜 그랬는지 지금도 잘 이해가 가지 않지만, 그 방으로 향할 때 우리는 꼭

담을 넘어서 비밀의 방법으로 들어가곤 했다. 맞벌이를 하는 부모님이 일하는 동안 학교를 파한 친구들은 그곳에 모여서 만화책이나 비디오를 틀어보았다. 지금은 내용도 잘 기억이 나지 않지만 분명히 아무 걱정 없이 즐겁고 행복한 시간들이었다.

어렸던 나에게 돈보다 중요한 건 즐겁게 놀 수 있는 친구였다. 친구의 배경이나 나이는 생각하지 않고 오늘은 무엇을 하고 놀지가 제일 중요하던 시기였다. 누군가를 질투하고 미워하기엔 시간이 모자랐다. 그랬던 나는 나이를 먹고 어른이 되면서 점점 더 많은 것들을 욕심내기 시작했다. 남들보다 좋은 성적, 좋은 대학, 좋은 직장 등등. 내 마음을 아프게 하는 것은 결국 그 욕심이라는 것을 알면서도 말이다.

방구석의 시간이 길어지자 방 밖에서 살아가는 사람들이 부러워졌다. 나는 나와 그들의 등급을 나누고 스스로 가장 낮은 곳으로 끌어내렸다. 대학교를 졸업하고 일을 하고 있는 사람들을 부러워하고, 하루하루 고통스러워했다.

고통스러운 시간을 계속 반복하다 보니 문득 이런 생각이 들었다. 하루 종일 방구석에 있는데 굳이 남을 부러워할 필요가 있을까. 이야기조차 할 수 없는 사람들의 삶과 나를 비교하는 것에 왜 에너지를 쏟고 있는 거지?

타인의 삶은 그림 속 음식과 같았다. 보기에는 값비싸고 맛있어 보여도 어차피 먹을 수 없었다. 그림을 보면서 식욕을 느낄 순 있어도, 그 그림을 먹기 위해 노력하는 사람은 없었다. 생각해 보면 나는 방구석에서 그림 속 음식을 먹기 위해 노력하는 사람과 같았다. 최대한 타인을 생각하지 않으면서 시간을 보내려고 노력했다. 방구석 공간에는 부러워할 어느 누구도 없었다. 잘난 친구도 없었고 못난 친구도 없었다. 그저 외로이 홀로 있는 내가 있을 뿐이었다. 나를 아래에 있는 사람이라고 생각하지 않고, 높고 낮음에 대한 생각을 하지 않았다. 어느 누구도 나를 비난하지 않고 있었지만 나를 제일 고통스럽게 하는 것은 나였다. 나만 경계하면 됐다.

시간이 지나니 점점 숨을 쉬는 게 편해졌다. 가슴이 꽉 막힌 것처럼 불편했는데 조금은 가벼워진 느낌이었다. 여전히 하늘을 쳐다볼 생각은 하지 못했지만 점점 통증이 줄어드는 기분이었다.

새벽에 잠시 나가 편의점에서 먹을 것을 샀다. 편의점 앞에는 두 명의 남자가 맥주를 먹으며 이런저런 이야기를 나누고 있었다. 직장인으로 보이는 남성들은 알아들을 수 없는 언어로 이야기하고 있었다. 어느 날부터 보이는 몽골인들이었다. 타지에서 일하는 그들은 힘든 하루를 보내고 두런두런 이야기를 나누며 오늘의 하루를 마무리하고 있었다. 문득, 그런 생각이 들었다.

드넓은 초원이 아닌 도시에서 살아가는 저 몽골인은 행복할까?

쓸데없는 생각이었다.

25. 사과하기

    대학생 생활에서 가장 이해가 되지 않은 것 중에 하나가 여자 학우끼리 서로 싸우는 것이었다. 처음엔 세상에 둘도 없는 절친한 친구처럼 지내다가 몇 학기쯤 지나면 서로 대화를 하지 않는 사이가 되었다고 했다. 사실 그때까지 나는 정말 가깝게 지내는 친구가 없었다. 정서적 거리가 가깝지 않았기 때문에 상처받지 않았고 싸우지 않을 수 있었다.

    내 마음의 방어기제는 거리 두기였다. 사람과의 거리를 통해서 내 마음의 상처를 보호했다. 방구석에 들어가서도 나의 습관은 똑같았다. 내 고통을 밖으로 꺼내서 치유하기 보다는 스스로 꽁꽁 묶어놓고 밖으로 드러내지 않았다. 모든 통증을 홀로 껴안고 있으니 더 힘들고 지쳤다. 그래서 그때의 나는 부끄럽게도, 모든 사람에게 온전히 대하는 사람이 아니었다.

    삶에 대한 미련이 점점 없어질수록 나는 주변 사람들에게 너무 못된 사람이 되어버렸다. 마지막이라는 생각이 이제껏 할 수 없는 행동과 언어를 부추겼다. 평소와는 180도 다른 나의 모습에 많은 사람들이 상처를 받았다. 당시의 나는 이제껏 참아왔던 분노와 섭섭함을 토로한 것이었지만 생각해 보면 더 합리적인 방법들이 많았다.

    방구석 생활 속에서 아무에게도 연락이 오지 않았던 것은 결국 다 나의 잘못이었다. 친구와 가족도 나 스스로 올바로 행동하지 않으면 나를 도와줄 수 없었다. 나의 삶을 바꾸지 않은 채 상대방에게 내 삶을 도와달라고 할 수는 없는 법이었다.

　반복되는 오랜 시간 동안 나는 나 스스로의 부족함과 부끄러움에 대해서 반성했다. 그리고 그다음에 할 수 있었던 행동은 용서를 구하는 일이었다. 먼저 사과를 하면 되는 것을 무슨 자존심인지 아니면 부끄러움인지 나는 하지 못했다. 그런 내가 할 수 있는 것은 마음속으로나마 진심으로 사과를 하는 것이었다. 만약 나로 인해 상처받은 사람들이 있다면 무릎을 꿇고라도 사과를 하고 싶었다. 이제는 만날 수도 없는 사람들에게 내가 할 수 있는 유일한 속죄였다.

　내 마음속으로 가장 미안했던 사람은 어머니였다. 자식들을 키우다 병든 어머니는 평생의 난치병을 갖고 살아야 했다. 그런 어머니에게 나는 참으로 많은 모진 말들을 했었다. 언제나 나의 편인 사람이기에 밖에서는 하지 않았을 그런 험악한 말들을 하며 상처를 주었다. 내가 그렇게 이야기할 수 있는 사람이 어머니밖에 없었기 때문이었다. 세상과의 창문을 닫아버린 나에게 말을 할 수 있는 사람은 어머니밖에 없었다.

　시간이 한참 흐르고도 나는 제일 먼저 사과해야 할 사람에게 사과를 하지 못했다. 사과를 하고 싶었던 대부분의 사람들에게 사과를 했으면서도 어머니에겐 말이 나오지 않았다. 그럼에도 어머니는 여전히 나의 편이었다. 내가 얼마나 부족하고 못났는지에 대해서 생각하지 않고 가장 빛나는 사람으로 생각했다. 그 과함이 가끔은 부끄럽고 불편할 때도 있었지만 언제나 나를 생각하는 유일하고 감사한 사람이었다. 차마 앞에서 말하지 못하고 또다시 부끄럽게도 이 글에 남긴다.

어머니,

부끄러운 자식이라 정말 죄송합니다.

26. 비교하지 말기

내가 살아가면서 처음으로 가장 부러웠던 사람은 우습게도 논산훈련소 훈련병 시절 보았던 말년 병장이었다. 남들보다 헐렁하게 군복을 입고 여유롭게 말하는 20대 초반의 남자가 이 세상 누구보다 부러웠다. 뜨거운 뙤약볕 아래 똑같이 시간을 보내고 있어도 그의 군복에 자리 잡은 병장 계급장이 유독 빛나 보였다. 병장만 된다면 어떠한 고민도 없을 거 같았다.

그런데 재밌는 점은 시간이 흘러 내가 병장이 되었을 때 과거의 내가 생각했던 만큼의 감동은 없었다는 것이었다. 과거의 내가 부러워했던 병장을 내가 되어보니 사회에 나가서 해야 할 현실들이 걱정되기 시작했다. 마음이 편하지 못했고 하루하루 시간이 잘 흐르지 않았다.

그때의 내가 병장을 부러워했던 것은 나의 현실과 그의 삶을 비교했기 때문이었다. 남과 비교하지 말아야지, 생각을 하면서도 무의식적으로 누군가와 삶을 비교하는 것은 어쩔 수 없는 일이었다. 사회적 동물로 살아가는 우리는 홀로 살아갈 수 없기 때문에 감정의 기준을 타인에 맞춰놓는 일이 많았다. 내가 잘 살아가고 있는지에 대한 판단이 타인의 삶에 맞춰져 있는 것이다.

내가 방구석에서 나 스스로를 성공하지 못했다고 생각하는 것도 결국에는 타인의 삶과 비교하기 때문에 발생하는 문제였다. 자본주의 사회에서 나는 엄청나게 많은 돈은 아니어도 안정적으로 돈을 벌고 싶었다. 혹은 남들보다 멋진 직업을 얻고 싶었다. 하지만 그러지 못하자, 방구석에 갇혀 있는 나 스스로에게 끊임없이 고통을 주면서 힘든 시간을 보냈다.

비교의 기준을 거두기만 하면 되었다. 허리를 다치고 다른 것들을 하지 못해도 나는 살아있었다. 삶의 기준을 나에게만 맞추자 뜨거웠던 머리가 좀 가라앉는 느낌이었다. 나는 그래도 앞을 볼 수 있었고 걸을 수 있었고 밥을 먹을 수 있었다.

시간이 흐르면서 점점 슬프고 힘들었던 기억들이 옅어지고 있었다. 홀로 시간을 보내면서 그렇게라도 나는 버티고 있었다. 어찌 됐든 홀로의 시간만 버틸 수 있다면 어떠한 미래가 다가올지는 모르는 일이었다.

불현듯 떠오르는 과거의 기억들을 최대한 흘려보내며 다시 하루를 보냈다. 눈을 뜨고 다시 눈을 감고, 크게 달라지는 현실은 없어도 시간은 흘렀다. 극복할 수 없는 과거에 대처하는 방법은 스스로를 상처 주지 않으며 시간을 견디는 일이었다.

글의 실패

소제목을 적어놓고 차마 적지 못했다. 2020년에 이 글을 쓰는 시점부터 내 마음이 다시 쓰러졌다. 과거의 일을 기억하다가, 과거의 기억이 나를 집어 삼켰다. 버티지 못하고 다시 동굴로 들어가 그렇게 1년 6개월이 지나고 말았다.

이 글을 퇴고 하는 순간은, 2023년 이후입니다. 과거의 기억을 남겨놓기 위해서 건드리지 않고 그대로 출판했습니다.

27번부터 30번까지의 글 대신, 글의 실패에 대한 짧은 글을 남깁니다.

글의 실패

실패한 인생이라는 이야기는 많이 들어봤다. 대부분 지금은 성공한 사업가들이 과거의 나를 회상할 때 많이 사용하는 형용사같은 문장이었다.

'실패한 인생이라고 생각했습니다.'

성공한 사람들이 습관적으로 말하는 문장처럼 느껴지기도 했다. 그런데, 내가 말하고자 하는 것은 실패한 인생이 아니라 실패한 글이었다.

글에도 실패가 있을까?

부끄럽게도 1년간 방구석 생활을 했다는 과거를 극복하는 글을 쓰다가, 1년 6개월을 다시 과거로 돌아가 버리고 말았다. 그러한 의미에서 이 글은 실패한 글이었다. 한글 파일을 열지 못하고, 그러면서도 삭제하지 못하는 어리석은 나.

시간이 흘러 책을 출판하고 싶다는 생각이 들었다. 새로운 책을 쓰다가, 기존에 거의 다 써놨던 과거의 기억이 생각났다. 설마 이번에도 동굴로 도망칠 것인가? 나는 언제부터 이렇게 도망만 치던 사람이었을까?

이번엔 방심하지 않았다. 칼날같은 문장들 속에서 단단히 갑옷을 입었다. 독자들은 이해하지 못하는 그 당시의 내 마음이 현실의 내 삶을 또 다시 유린했다. 알아도 막을 수 없는, 열어서는 안 되는 악마의 책.

화를 내지 못하는 내가 생각날 때마다, 억지로 화를 냈다.

남들이 참고 넘어가는 문제에 대해 맹렬히 저항했다. 화를 내야 하는 상황이 맞다면 주저하지 않고 화를 냈다. 과거의 기억이 현실의 내 삶을 망치고 있었다.

화가 난다고, 꼭 화를 내야 할까?

사회생활을 18년 넘게 하고 있으면서도 여전히 부당한 사회를 많이 만난다. 하나하나 모두 화를 냈다가는 제 명에 살 수 없을 것이다. 그래서 화를 내지 않고 참으면서 살았다. 남들이 내 욕을 해도, 남들이 부당한 행동을 해도. 누군가에게 맞아도.

모든 힘을 끌어 모아 화를 내도 상대방에게서 비슷한 대답이 돌아왔다.

"내가 잘못한 것은 맞지만, 그게 이렇게까지 화를 낼 일이야?"
"네가 먼저 잘못했잖아."

잘못은 상대방이 했는데 화를 내면 내 잘못이 되었다.

내가 생각하는 상식은 분명히 A였는데, 이상한 사람들이 B가 상식이라고 했다. 힘없고 빽 없는 나에게, B가 상식이 되었다.

〈눈먼 자들의 도시〉 주제 사라마구의 말처럼, 모든 사람들이 눈을 감고 있으면 눈을 뜨고 있는 사람이 장애인이었다. 상식이 파괴된 도시에서 상식을 지키는 사람이 이상한 사람이었다. 16살부터 출판사를 드나들며 사서삼경을 읽었다. 성경도 읽고 불경도 읽었다. 나는 열심히 마음공부를 했지만 사람들은 그런 나를 불편하게 여겼다.

글을 읽을 때마다 현실의 내 삶이 더 비참해진다면, 그 글은 실패한 글이 맞지 않을까?

과거의 내 생각과 감정들을 들여다보면 나는 주관적일 수밖에 없었다. 나를 별로 좋아하지 않는 편이지만, 내 삶이 불쌍한 것은 어쩔 수 없었다. 평생 동안 내 삶을 들여다본 나만이, 전후 상황을 정확하게 알고 있기 때문이었다.

세상을 살다가 화를 내는 사람을 보면 사람들은 이런 생각을 한다.

"뭔데, 저렇게 큰 소리야."
"시끄러워 죽겠네."

나는 그 사람의 표정을 보려고 노력한다. 억울한 상황인가, 답답한 상황인가. 그리고 내가 개입할 수 있는 상황인가. 내가 개입해서 빨리 끝낼 수 있는 상황이면 나는 목소리를 높인다. 마치 걸어 다니는 심판인 것처럼 서로의 생각을 객관화시키고 문제를 해결한다. 대중교통을 이용하다가 서로 얼굴 붉히는 싸움을 하고 있는 시민들을 그렇게 몇 번 말렸었다. 보통 나이 많으신 어른들의 싸움이었는데,

젊은 내가 훈수를 두는 게 불편했는지 대부분 문제가 금방 끝났다.

방구석에 갇혀 있던 나를 들여다보는 일은, 나를 이렇듯 오지랖 넓은 사람으로 만든다. 동굴에 숨어서 책 읽는 걸 가장 좋아하는 내가 광장으로 나가 사람을 만나게 한다. 그리고 부당한 상황과 싸우게 만든다.

부당한 상황을 회피하는 게 올바른 방법인가?

아니면 부당한 상황을 참고 넘어가는 게 현명한 사회생활인가?

나는 두 번의 좌절 끝에, 1년과 1년 6개월의 시간 속에서, 내 글의 실패 속에서, 깨달은 것이 있었다. 문제에서 도망치고 싶은 모습도, 문제와 맞서 싸우는 모습도, 결국 모두 '나'라는 당연한 사실이었다.

이제의 나는 피해야 하는 싸움은 피한다.

하지만 피해서는 안 되는 싸움이 눈앞에 있으면,

결코 물러서지 않고 싸운다.

그게 글의 실패에서 얻은 현재의 내 모습이다.

21. 누군가 사랑하기

내가 너무 미웠다
남을 물어뜯고 미워해야만
살아갈 수 있는 마음이
토악질이 나왔다

나를 내려놓고
미워하는 대신
사랑할 것을 찾았다

나의 구원은
사랑했던 과거와
사랑하는 너였다

22. 행복한 시간

언젠가부터
방구석 생활이 괜찮았다
그냥
아무 생각이 나지 않았고
멍 때리고 있는 내가 좋았다

아침에 일어나
다시 같은 자리에서
잠들었다

작은 감옥 속에
갇힌 나를
꺼내줄 사람은 없었지만

고통스럽던 심장도
허리의 통증도
내가 모르는 사이
점점 줄어들고 있었다

어느새 나는
바닥의 나에
적응해 있었다

23. 빵 먹기

홀로 먹기에
좋았다

고소한 소보로빵
달콤한 모카 소라빵
혹은 피자빵도 빼놓을 수 없었다

양볼 가득 빵을 밀어 넣고
다람쥐처럼 오물오물,
세상의 행복이
세 치 혓바닥에 있었다

24. 나의 자리

초등학교 때부터 쓰던
책꽂이 겸 책상

육상 트로피와
실패한 책들이 전시되어
올려진 진열장

입지 않아 방치된 옷들이
관짝처럼 자리를 차지하고
있었다

그곳은
나를 포기하지 않는
어머니 아버지
형과 누나

사랑하는 가족이 있던
나의 집
나의 자리

25. 아무것도 아닌 나

커서 뭐라도 될 줄 알았다
폼 나게 대학교 조기졸업하고
비싼 맞춤정장에 높은 구두,
언제나 당당하고 씩씩하게 살 줄 알았다

내가 방구석 폐인이 되어
이리도 긴 시간을 홀로 보낼 줄은
아침부터 저녁까지 쓸데없는 생각을
혹은,
개인 방송이나 유튜브를 보며
낄낄거리다 밤을 새는
그런 사람은 안 될 줄 알았다

멍하니 누워 천장을 바라보다가
햇빛에 걸려 둥둥 떠다니는 먼지가
아름다워 보였다

나는 방구석 먼지조차
되지 못한 채
아무것도 아닌 사람이
그런 존재가 되어버렸구나

26. 아무것인 나

사실 생각해 보면
아무것도 괜찮았다
방구석의 나는
먹고 자고 보고 싸고

인간으로서
해야 하는 최소한의
행동양식은 지키고 있었다
아무것도 아니었지만
아무것인 나는
욕심도 희망도 꿈도 없지만

그래도 살아있었다

27. 깨닫기

내가 방구석에 갇혔던 이유는
허리 통증 때문이었다
어느 병원도 한의원도 고치지 못하던
통증이 시체처럼 지낸 1년가량의
시간이 흐른 후 거짓말처럼 사라져 있었다
허무하고 허탈했으며 감사했다

용서할 수 없던 수많은 사람들도
용서할 수 없던 나 자신도
꿈처럼 모호하게 느껴졌다
기억은 있는데
내가 그랬다고? 내가? 할 정도로
믿기지 않았다

부정할 수 없는 사실은
이제 방을 나가야 할 순간이라는 것이었다

28. 현실로 로그아웃

도망치듯 들어갔던 나의 동굴은
더 이상 나를 막아줄 수 없었다

대학교를 조기졸업하고
시체처럼 살아가는 시간도
이제 끝내야 했다

정신을 차리고 창백한 내 얼굴을 봤다
덥수룩한 머리 꾀죄죄한 몰골이
인간이 아니었다

제대로 머리를 감고 옷을 입고
문을 열었다
환하게 번지는 햇빛이 마치
죄악의 바이러스처럼 공포스러웠다

쉴 새 없이 심장이 두근거렸다
좀처럼 몸이 말을 듣지 않다가
기어코, 신발을 꿰어 발을
뻗었다

29. 바깥 세상

익숙한 동네가 무서웠다
지나가는 사람도
자동차도 버스도

한참을 방황하다 롯데리아에 들어가
햄버거 주문을 했다
포장인가요, 드시고 가시나요?
친절한 직원의 질문에
등허리에 식은땀이 흘렀다

야밤이나 새벽에 기어 나와
하루 한 끼를 사 먹던 나에게
밝은 세상은 어색하고 불편했다

정신없이 움직이는 발걸음을
쳐다보며 홀로 햄버거를 삼켰다
이제 나가야 했다
저 바쁜 발걸음에 나도 들어가야 했다

30. 나아가기

밖에서 일하기 시작하자
오래된 기억들이 떠올랐다

열심히 살았던 내 과거와
누군가와 이야기하며 웃고 있는
나였다
생각해보니 고작 1년이었다

항상 내 맘대로 풀리던 인생이
엉망진창으로 꼬여버린
그래서 도저히 버틸 수 없을 만큼
고통스럽던 시간도
결국 1년이었다

이젠 그만 징징거리고
앞으로 나아가야 했다
아무 희망도 없이 아무 기대 없이
오늘이 아닌 내일을 위해
오늘을 살아야 했다

2015년에서 3년 뒤의 미래 2018년

2018년 8월 31일. 말레이시아로 떠나는 비행기 티켓을 끊었다. 세계여행을 떠나기 위해서였다. 방구석에서 하루하루 힘겹게 살아가던 폐인이 결국 사고를 치는 결정을 한 것이었다. 여행 한 달 전에 무리하게 아르바이트까지 하다가 허리를 삐끗했다. 치료비만 100만 원 가까이 들었다. 그래도 세계여행을 포기하지 않았다.

생각만큼 세계여행이 아름답지 않았다. 귀국하고 나서 여행기를 쓸 수 없었다. 사진을 보는 것만으로도 부정적인 감정들이 쾅, 내 삶을 덮쳐왔다. 나를 찾으러 가서 나를 잃고 왔다. 그러나 포기하지 않고 결국 끝까지 문장을 붙잡아서 작은 여행 책이 나왔다. 〈죽기 싫어, 떠난 세계여행〉이라는 책이었다.

2015년에서 5년 뒤의 미래 2020년

2020년 10월부터였다. 점점 숨 쉬는 게 힘들었다. 2015년과 같이 나는 주변에 도움을 요청하지 못했다. 이번엔 요란 떨지 않고 아주 조용히 방구석에 나를 가뒀다. 부정적인 감정들이 주변에 피해를 끼치지 않도록 꼼꼼하게 나의 공간을 제한했다. 2020년 12월부터 2022년 6월까지 내 마음이 깊은 구렁 속에서 빠져나오지 못했다.

그냥, 그랬던 시간이었다.

2015년에서 7년 뒤의 미래, 2022년 11월 7일

새벽 4시에 눈이 떠진다. 평소대로 아침 루틴을 수행한다. 생각은 하지 않고 기계처럼 몸을 움직인다.

명상 5분.
책 읽기 5분.
검도 5분.
일기 쓰기 5분.
글쓰기 5분.
산책 5분.

순서와 상관없이 스톱워치를 켜고 일련의 미션들을 수행한다. 명상이 잘 되는 날이 있고, 잘 되지 않는 날이 있다. 바닥을 걸레질하면서 명상을 하기도 하고, 산책을 하면서, 글을 쓰면서 명상을 하기도 했다. 카를로 로벨리의 말처럼 시간은 흐르지 않는 거니까, 순서는 중요하다고 생각하지 않았다.

이 글을 쓰는 시간에 나는 33살이다. 29살 후반부가 세계여행을 하다가 사라져 버렸고 30살은 귀국 후에 한국에 적응하느라 사라졌다. 31살은 아무것도 할 수 없어서 숨만 쉬면서 살았다. 32살은 그냥, 별로였다. 현재의 33살은 1분기 2분기까지는 최악의 순간들이었고 3분기부터는 적당하게 고통스러웠고 4분기에서야 뒤를 돌아볼 수 있었다.

나를 포기하지 않는 사람들을 돌아보고, 내가 실수한 것들을 사과했다. 부끄러운 과거를 마주 보고 용기를 내는 것. 부족한 나의 시간을 돌아보는 시간. 요즘 들어 나의 주요 테마는 시간이다. 과거로 돌아가고 싶은 마음을 꾹꾹 눌러 현재에 집중하려고 한다. 하지만 10초의 과거도 아쉽기만 하다.

다행히, 오늘 아침은 마음이 나쁘지 않았다. 자살 생각은 바늘처럼 혓바닥을 찔렀다가 짧은 순간 솜사탕처럼 녹아 없어졌다. 순간순간의 마음 변화에 대해서 나는 이제 포기하기로 결정했다. 평생에 걸쳐도 나를 알 수 없을 것이다.

사랑하고 미워하고 증오하는 우리 가족과,

사랑하며 경계하는 나의 친구들,

나의 형제들,

나의 전우들,

나의 선배님들,

나의 선생님들,

나의 어린 친구들,

모두 감사하다. 글을 쓰고 있다는 건, 삶이 아무리 거지 같아도 내가 살아갈 생각을 하고 있다는 걸 테니까.

2022년 11월 13일

7일 날 글을 쓰고 너무 힘들었다. 힘들다고 말하는 게 힘들었다. 우리나라 사람들은 힘들다고 말하는 사람을 힘들어하는 경향이 있기 때문이었다. 혹은 내가 그렇게 생각하기 때문일지도 모른다.

평일에 출근을 해서 일을 해야 하는데 일이 손에 잡히지 않았다. 사람들은 나의 표정을 걱정했고 내가 이틀 동안 2시간씩 자고 있다는 사실을 매우 우려했다. 글을 쓰는 순간 내 마음은 고슴도치가 된다. 사람에게 간격을 주려고 하지 않고 나를 걱정하는 사람들에게 아주 날카롭게 반응한다. 그게 내가 나의 마음을 지키는 방향이었다. 나는 그들의 삶을 걱정했다.

내 마음이 다시 아래로 내려가는 동안은, 절대 사람과 가까워지지 않는다. 나는 나와 가까운 사람들이 나를 걱정하는 것을 좋아하지 않았다. 내 표정을 걱정하고 내 삶을 걱정하는 그들에게, 내 삶에 훈수를 두지 말라고 경고한다. 그래야 내가 만약 잘못된 선택을 했을 때 그들도 마음이 편할 테니까.

오늘은 정말 뜬금없이 신사역으로 탱고를 배우러 왔다. 이제 2주차 수업이었다. 누군가에게 나는 정신없이 살아가는 미치광이 현대인처럼 보일 것이다. 테니스와 배드민턴, 산책과 검도, 명상과 글쓰기. 중구난방 알 수 없는 방향으로 내 삶이 튀어나가고 있었다. 33살이라는 나이가 부모님의 의견도 듣지 않는 나이라고 가정한다면, 나를 제어할 수 있는 사람이 아무도 없는 것이다.

30명 내외의 사람들이 와인을 마시며 춤을 추고 있었다. 축과 텐션. 나는 멀찍이 앉아 노트북을 켜고 현대인들의 탱고를 구경했다. 내 마음이 지옥에 있든, 내 마음에 비가 내리고 있든 그들은 신경 쓰지 않았다. 오늘의 마음 상태는 좋지 않았다. 어제 쏟아지는 빗줄기 속에서 우산 없이 한참을 걸었더니 나쁜 생각이 들었는지도 모른다.

오늘 아침엔 사람들에게 글쓰기 수업을 했다. 나를 포함해서 6명의 사람들이 예쁜 카페에 모여 '글쓰기란 무엇인가?'에 대한 수업을 들었는데, 내가 생각해도 엉망인 강의였다. 마지막에 쓴 편지쓰기가 그나마 괜찮았던 거 같기도 하다. 나는 사람들이 자신에게 편지를 쓰고 있을 때 최근에 싸웠던 친누나에게 편지를 썼다. 용서를 구하는 글이었다.

새벽에 일어나 검도를 할 때, 마지막에 칼이 향하는 방향은 나의 목이었다.

"오늘은 열심히 살 거야?"

"오늘은 최선을 다해 살 테야?"

나에게 묻고 내가 대답한다.

"할 수 있는 만큼 해볼게."

번뜩이는 눈빛의 나는 내가 봐도 무섭다.

아주 다행히 아침의 나는 너그러웠다. 그러나, 저녁의 나는 날카로웠고 내 마음은 무거워졌다. 행복한 글을 쓰고 싶었지만 그러지 못했다. 현실의 내 삶은 행복하고 혹은 불행했다. 이 글을 적는 순간은 아주 조금 편안한지도 모르겠다.

11월 7일의 일기처럼 오늘도 나는 글을 쓰고 있으니 그걸로 되었는지도 모르겠다.

2022년 11월 19일, 울어서 머리가 아픈 날

오전에 2시간, 오후에 1시간 정도 오열하며 울었다. 두 눈이 퉁퉁 부은 상태에서 약속 시간에 맞춰 밖으로 나갔다. 사람들이 기대하는 홍진기, 홍균을 위해서 가면을 쓴 채로. 유쾌하게 웃는 홍진기를 좋아하는 사람들에게 열정적인 홍균을 좋아하는 사람들에게 나는 좋은 사람이고 싶다. 실제로 그렇지 않을지라도 말이다.

친한 친구들에게 자주 하는 말이 있다. 내가 2022년 11월 기준, 전 세계 80억 인구 중에 가장 사악한 사람일 것이라는 이야기였다. 목적을 위해 일주일에 한 번 봉사활동을 하고, 목적을 위해 한 달에 100만 원이 넘는 돈을 기부하고, 목적을 위해 계획적으로 사람들에게 친절한 모습을 보여준다. 실제로는 사특하고 나쁜 생각이 가득하면서 겉으로는 친절하고 배려심 넘치는 모습을 연기한다. 내가 생각해도 나의 사상과 행동들은 일반적인 기준의 장르는 넘어 있었다.

언젠가 다다를 복수를 위해서, 절대 포기하지 않는 그 마음으로 하루를 살아간다. 아무리 포기하려고 해도, 용서하려고 해도 되지 않는 지점이 있다. 생각할 때마다 화가 머리끝까지 차오르고 목소리가 높아지는 사건. 인생에서 되돌릴 수 없는 절망의 시간.

참을 수 없는 모멸감에 두 눈에서 눈물을 펑펑 흘리며 지하철을 탔었다. 사람들이 쳐다보든 말든 눈물이 멈추지 않았다. 온종일 울었던 기억이 난다. 상대방을 용서할 수 없었고 이해할 수 없었다.

2015년의 하나의 사건. 하나의 에피소드. 한 명의 사람.

짧은 생각만으로도 머릿속에서 재생되는 그 상황들은 주저앉는 나를 일으켜 세우고, 오늘 하루를 처절하게 살아가게 만든다. 온몸에 힘이 다 꺼내어진 것같은 오늘마저도 포기하지 않고 밖으로 나가게 만든다.

당신은 용서하지 못하는 사람이 있습니까?

원망하고 싶은 사람이 있습니까?

자기계발서의 주장대로 용서한다면 참 쉬운 문제일 것이다. 상대방 입장에서 생각해보고, 나의 잘못을 되돌아보고, 기억을 복기하는 시간. 내 문제가 전혀 없다고 할 수는 없지만 부당한 상황에 대한 분노는 시간이 지날수록 더 깊어졌다. 그 분노가 내 삶을 망치고 있다는 걸 알면서도 나는 그 분노의 에너지를 포기할 수 없었다.

2022년 12월 13일.

다니던 삼성 계열사에 사직서를 제출하고 비행기 티켓을 끊었다. 원웨이 티켓이었고 목적지는 파리였다. 〈카페 알베르게〉를 갔다가 당일에 결정한 여행이었다. 당분간 나에게 해외여행은 없다고 열심히 떠들고 다녔는데 인생의 많은 순간처럼 내 약속을 지키지 못했다.

2022년 12월 25일, 크리스마스 파리

날카로운 문장들을 쏟아내다가 깊은 잠을 잤다. 지금 쓰고 있는 2015년에 겪었던 1년의 기억, 〈가제: 방구석, 1년〉을 퇴고하는 과정이 너무 힘들었다. 문장과 문장을 넘어가지 못하고 한참을 울었다. 프랑스 카페에서 흐느껴 오열하고 있는 나에게 아무도 말을 걸지 않았다. 나는 마스크를 최대한 올려 쓰고 부릅 뜬 눈으로 노트북을 응시했다. 더 이상 도망칠 수 없었다.
칼날 같은 문장들의 지옥을 이제는 끝내야 했다.

2022년 12월 27일

우베르 싀르 우아즈(Auvers-sur-Oise)에 도착했다. 깜깜한 파리 근교의 작은 소도시. 내가 좋아하는 화가, 빈센트 반 고흐가 마지막에 자살한 마을이었다.

파리 북역(Gare du Norde)에서 1시간쯤 기차를 타고 도착한 마을은 아주 조용했다. 버스를 타지 않고 걸어가면서 내가 느낀 첫인상은 '자살하기 좋겠다.'는 것이었다. 아침 7시 전의 마을은 어떠한 집에도 불이 켜져 있지 않았다. 연말이라 모두 휴가를 갔던 것일까? 화요일 아침에 움직이는 사람이라고는, 소도시에서 파리로 들어가려고 하는 소수의 어른들뿐이었다. 아마도 직장인으로 보였다.

한참을 깜깜한 마을을 헤맸다. 핸드폰 유심도 없이 내가 찾으려고 했던 곳은 고흐가 잠들어 있는 무덤이었다. 더듬더듬 어둠을 헤집으며 나아가다가 교회를 찾았다. 대충 맞는 길로 온 거 같았다. 오른쪽으로 꺾어서 올라가고 있는데

뎅, 뎅, 뎅,

아주 크고 깊은 종소리가 나의 방문을 알렸다. 시간을 확인해 보니 오전 8시. 소도시를 걸어 다닌 지도 1시간이 넘어 있었다. 거의 다 왔다는 확신을 가지고 어둠을 뚫고 걸었다. 그러다 마침내 깜깜한

어둠 속에 불이 밝혀진 작고 아담한 건물을 발견했다. 회색빛 하늘을 가르며 붉은색 노을이 번지고 있었다.

드넓은 평원. 노을. 그리고 어둠 속에 불을 켜고 있는 건물. 누가 보더라도 내가 원하던 목적지였다. 나는 귀신에 홀린 사람처럼 불빛에 다가갔다. 하늘이 점점 밝아지면서 깊은 잠에 누워있던 건물들이 그 모습을 드러내고 있었다. 넋을 놓고 그 장엄하고 아름다운 자연의 모습을 감상했다. 파리에서 14일 동안 있을 때는 감히 상상할 수 없는 장면이었다.

뎅, 뎅, 뎅

다시 종소리가 울렸다. 시계를 확인해 보니 8시 5분.

조심스럽게 공동묘지로 들어가 구경을 했다. 고흐와 그의 동생 테오의 무덤은 발견하지 못했다. 어두운 묘지에서 내가 찾은 것이라고는 2021년에 생을 마감한 누군가의 묘비였다. 많은 사람들이 그의 죽음을 기리기 위해 여러 가지 물품을 올려두었다. 아직 그를 떠나보내지 못한 것이 분명했다. 불어를 읽을 수는 없지만 잠시 그의 죽음에 대해 묵념했다.

무작정 걷다가 푹, 내 발이 진흙 속으로 들어갔다. 하얀 나이키 신발이 더러워졌지만 기분이 나쁘지 않았다. 가슴을 뒤흔드는 감동이 아직 사라지지 않았을 때였다. 오랫동안 있으면 안 될 거 같아 얼른 그곳을 나왔다. 내려오는 길에 다시 교회를 만났다. 어둠이 걷히고 드러난 교회는 내가 생각한 것보다 훨씬 컸고 장엄했다. 자세히 다가가서 보니 내가 찾으려고 했던 오베르 성당이었다. 오르세 미술관에서 전시되고 있는 고흐가 그렸던 성당.

나는 그 순간
살아 있길 잘했다는 생각이 들었다

앞으로 계속 글을 읽을 수 있기를
글을 쓸 수 있기를
바랐다

앞으로 예정되어 있는 수많은 지옥들 속에서
계속 살아있기를 진심으로
소망한다

부족한 글이 또다시 책으로 나오면서 종이 낭비를 하고 말았습니다. 하나의 책으로 나오기까지 많은 사람들이 도움을 주셨습니다. 이 글은 살아있는 제가 만나거나, 도움을 주셨던 분들에게 남기는 감사의 인사입니다.

방 밖의 사람들

어머니 이춘심

아버지 홍성우

형　홍갑의

누나　홍연

Special Thanks.

박한석 오경은 장총명 최영준 최성옥 이태경 박현익 송상명 임재우 강동규 양지일 이승혜 김예진 이종찬 김지연 이재창 지형윤 박권용 강창유 한준수 안형준 정호준 시연 박세민 문크 바야르 오스카 세르게이 냐(Nga)

박형서 선생님 류종현 선생님 박유희 선생님 이영광 선생님 이혜원 선생님 홍창수 선생님 양하늬 선생님 성세용 선생님

모두 감사드립니다

마지막으로, 이 글을 읽어준 독자님들에게
다시 한 번 감사의 말을 전합니다

살아있어 주셔서
감사합니다

아래로 피는 꽃

1판 1쇄 발행 23년 03월 31일

지은이 홍균

편집 이혜리
마케팅 • 지원 이진선

펴낸곳 (주)하움출판사   펴낸이 문현광

이메일 haum1000@naver.com   홈페이지 haum.kr
블로그 blog.naver.com/haum1007   인스타 @haum1007

ISBN 979-11-6440-332-5(13800)

좋은 책을 만들겠습니다.
하움출판사는 독자 여러분의 의견에 항상 귀 기울이고 있습니다.
파본은 구입처에서 교환해 드립니다.

이 책은 저작권법에 따라 보호받는 저작물이므로 무단전재와 무단복제를 금지하며,
이 책 내용의 전부 또는 일부를 이용하려면 반드시 저작권자의 서면동의를 받아야 합니다.